今川乱魚 編著
Imagawa Rangyo

科学大好きユーモア川柳
乱魚選集

科学編

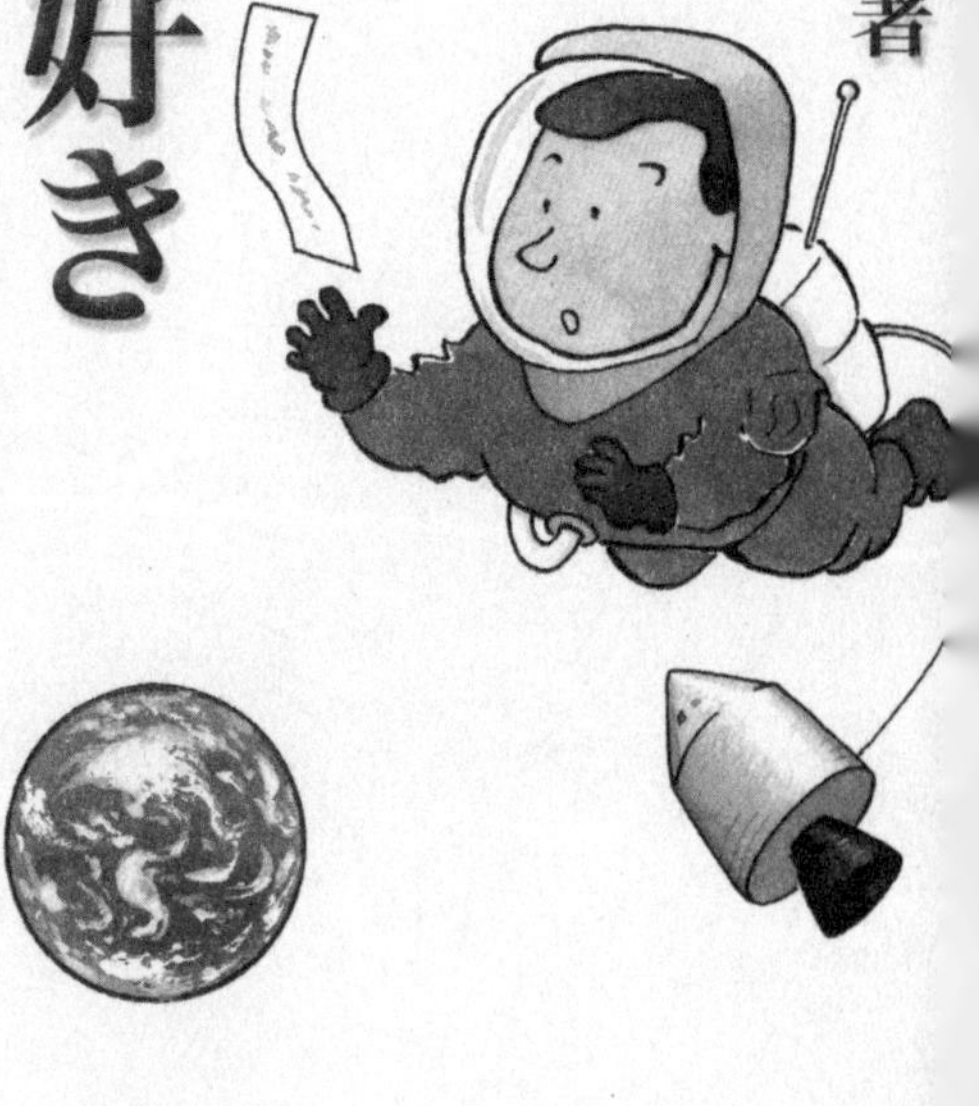

新葉館ブックス

科学技術川柳句集推薦の言葉

河村　建夫

資源の少ない日本の発展に、科学技術の振興が不可欠であることは、かねてから主張申し上げているところでありますが、そのためには人や社会が科学技術に親しみや共感をもてるような教育や環境作りが大切であると考えております。

このたび、科学技術に関するたくさんの課題について十二年半にわたって詠まれた川柳を、初めて単行本として刊行されるとの企画をお聞きし、まことに意義あるものと喜んでおります。近年青少年の理科離れが話題になっている折からも、ユーモアのある川柳の目をとおして科学技術に親しんで頂くことは、時宜にもかなっているものと思います。

明治三十年代に狂句との決別を宣し、川柳中興の祖といわれている井上剣花坊は、私と同郷の山口県萩市の出身であり、市内各地に剣花坊の句碑が建てられ、市民に親しまれていることは私もよく承知しております。

俳句の自然諷詠に対し、川柳は人間諷詠を志向し、笑いあり、涙あり、風刺ありと、人の体温を感じさせる文芸であり、本書によりどちらかというと堅い響きを持っている科学技術の分野に少しでも皆様のご理解を深められることを願っております。

平成十六年九月一日

（文部科学大臣、社団法人全日本川柳協会顧問）

「科学大好き——ユーモア川柳乱魚選集」序文

石井威望

二〇〇一年七月、新技術情報誌「テクノカレント」(財団法人世界経済情報サービス発行)の主筆をお引き受けして以来、その編集作業では、全面的に今川充氏(雅号は乱魚)に助けて戴いている。そのご縁でこの選集の序文を執筆させて戴くことになった。今川氏が一九九二年以来十二年余に亘って担当し、執筆してこられた「サイテク川柳欄」(月刊誌「サイエンス&テクノロジー・ジャーナル」掲載)が単行本として発刊されることへ祝意と敬意を表したいと考えたからである。

俳句と比較すると、俳句は近年国際的にも知名度が高まっているのに対して、川柳はよりローカル色が強く庶民的な文化という傾向をもつ。その川柳が科学技術をどのように扱うのか、「サイテク川柳」と聞いた時まず少なからず好奇心をそそられた。端的に言えば、極めて日本的情緒に満ちた独特な「文化」が、科学技術という最も合理的体系つまり普遍的な技術文明とどのように繋がるのか、「文化と文明」というキーワードが脳裏に浮かんだ。

作家司馬遼太郎は、「文化と文明について」という短文を残している（「シグネチャー」一九八七年十月号）。その中で、遊牧の文明が紀元前八～七世紀に黒海北方の草原（ステップ）にいたスキタイ族（アーリアン系）によって創出され、たちまち紀元前五世紀には遙か東方のモンゴル高原に匈奴という遊牧国家が形成されるという驚異的なスピードで伝播した。司馬遼太郎の指摘のとおり、「人間は、新文明にかぶれやすい」のである。それ故、文明は民族（文化）を超える。遊牧文明の場合、そのやり方と道具をそろえさえすれば、たれでも参加できる（普遍化する）。彼は「簡単なとりきめだけで、万人が参加できて、しかも便利であるものを文明と考えたい」という。

さらに、「文明はかならず衰える」ともいう。いったんうらぶれてしまえば、普遍性は失われ、特異なもの（文化のこと）になってしまうのだと考えている。他方、異文化（エスニック）が、たまに普遍性の高い文明材（文明の構築に欠かせない物材）になるときがあるとも強調している。

また、彼は「文明は精度（純度）を追求するが、文化は〝こく〟を追求する」のだとも述べている。味のちがいこそ各地名産の飲食物の自慢であり、郷愁を誘う源泉であり、アイデンティティである。川柳は〝こく〟の最たるものではあるまいか。それ故、安らぎも誇りもたっぷり提供してくれる。それは、司馬流解釈に従えば、文化という（他からみれば不合理な）マユにくるまれて、人は生きているからである。マユの外側に文明（たとえば農業文明や工業文明など）が存在しても、民族や家族の中では、普遍性に反する特異さで生活し、むしろそれを誇りとし安らぎを覚えている。場合によっては、他者からみて威厳を感じさせたりする何物かがある。

文明と文化を一応は右のように対比させて平易に表現して見せた〝司馬史観〟とて、彼の心中を十分に伝え切っているとは思えない。文筆家のプロとして極めて巧妙に表現する能力があるとしても、まさに筆舌に尽くし難い〝心象〟風景としての複雑な〝こく〟が存在した筈である。川柳はまさにここにいわれる文化の〝こく〟に相当するものである、と私は思う。

（東京大学名誉教授、東京海上研究所理事長）

科学大好き――ユーモア川柳乱魚選集 科学編■目次

推薦の言葉――――河村建夫（文部科学大臣）
序――――――石井威望（東京大学名誉教授）

第1章 自然に色かたち

光線 18／色彩 19／原色 20／音声 21／匂い 22／円形 23／対称 24
essay 江戸中期に生まれた川柳 26／人間を詠む詩 27

第2章 物質やエネルギーの仲間

原子 30／粒子 31／粒 32／放射能 33／エネルギー 34／熱 35／カロリー 36／
金属 37／鉄 38／ダイヤモンド 39／カルシウム 40／資源 41／水 42／アルカリ 43
essay 川柳の定義は 44／川柳と俳句の違い 45

第3章　気象は止まらない

乾燥 48／湿度 49／風 50／風② 51／気圧 52／気流 53／水蒸気 54／酸性雨 55
凍結 56／地震 57／気候 58／季節 59／波 60／エルニーニョ 61
essay あたたかみのある笑いを 62／川柳のエネルギーと社会の評価 63

第4章　宇宙という大空間

太陽 66／惑星 67／衛星 68／天文 69／星座 70／軌道 71／重力 72
essay 現代川柳には詩性も抒情も 74／課題の幅広さは絵や音楽も 75

第5章　地球は生きている

起源 78／大陸 79／砂漠 80／火山 81／マグマ 82／噴火 83／地質 84／土壌 85
風土 86／化石 87／氷河 88／河川 89／災害 90／浄化 91／フロン 92／環境 93
essay 没句の供養を 94／一章に問答からユーモアへ 95

第6章 生きとし生けるもの

生物 98／生物② 99／生命 100／進化 101／細胞 102／分裂 103／増殖 104
遺伝子 105／アレルギー 106／免疫 107／本能 108／呼吸 109／酸素 110／受精 111
クローン 112／ホルモン 113／発酵 114／酵素 115／脂肪 116／菌 117／菌② 118
爬虫類 119／昆虫 120
essay ふえてきた女性と青少年の作品 122／川柳発祥の立役者たち 123

第7章 人体Ⅰ超精密メカニズム

人体 126／神経 127／神経② 128／神経③ 129／五感 130／反応 131／脳 132／脳死 133
記憶 134／睡眠 135／睡眠② 136／内臓 137／心臓 138／血液 139／心理 140
ストレス 141／感染 142／エイズ 143／ウイルス 144／がん 145
essay 真実追求の目が「うがち」 146／ジュニア川柳の作品集 147

第8章　万物は調和に向けて

時間 150／無限 151／空間 152／真空 153／気体 154／気体② 155／泡 156／泡② 157
方向 158／逆 159／放射 160／拡散 161／速度 162／速度② 163／惰性 164／超 165
超② 166／静止 167／停止 168／純粋 169／透明 170／透明② 171／重量 172／関係 173
essay 闘病体験を川柳に 174／戦後を記す現代川柳句集 175

第9章　さまざまな運動

摩擦 178／滑る 179／吸収 180／圧力 181／収縮 182／圧縮 183／浮力 184／崩壊 185
壊す 186／振動 187／震動 188／流れ 189／覆う 190／衝突 191／誘発 192／爆発 193
膨張 194／運動 195／周期 196／循環 197／抵抗 198

あとがき　今川乱魚　207

表紙イラスト／西田 淑子

科学大好き――ユーモア川柳乱魚選集　科学編

【凡例】

1　本書には財団法人科学技術広報財団発行の『Science & Technology Journal』1992年4月号から2004年9月号までの12年半の「サイテク川柳」欄に掲載された、今川乱魚選川柳作品、課題解説およびショート・エッセイから、主なものを収録した。

2　川柳作品は、毎月の科学技術の課題吟応募作品の中から最終的に各題6句を選んだ。課題によっては選者吟を含めた。

3　課題は、毎月2題、ほかに自由吟が出題されているが、本書編集に当たっては、これを科学編、技術編、生活編、の3分野に分類整理した。

4　各課題の解説は、作句、鑑賞のための参考、手引きとして辞典類をもとに著者が記したものである。必ずしも用語解説そのものではないが、至らないところは皆様のご叱正を頂ければ幸いである。また、課題の英語訳は、参照のさいの便宜のために付した。

5　ショート・エッセイは、一般読者向けに著者が川柳の簡単な解説やその時々の話題をまとめたものである。

第1章　自然に色かたち

光線

Light

紫外線防ぐ眼鏡が人を変え　荒蒔　義典

人も樹も可視光線へ向いて伸び　太田紀伊子

レーザーのメスでそぎたい腹の肉　山本　義明

光線で速度違反をとがめられ　安藤　文敏

光線のいたずら鏡叱られる　木村　一路

待ち惚け電光ニュース読み返し　斎藤　青汀

〈光線〉もX線も電磁波にほかなりません。光として肉眼で感じる普通の光線を可視光線、そうでない紫外線、赤外線等を不可視光線と呼びます。

対象の背後から射す光線は逆光線、鏡などに当たってはね返るのは反射光線です。X線は一八九五年にレントゲンによって発見されました。物質を透過する力が強い、写真乾板に感じる電磁波で、医療用などとして知られています。

色彩 Color

十二色混ぜたら世紀末の彩　中本 義信

躁鬱へ使い分けする紅の色　穴澤 良子

白黒は美術カラーはエロという　木村 一路

カラフルな涙が落ちるアイシャドー　上村 健司

虹の色屈折率の差に過ぎず　矢守 保子

〈選者吟〉

色の名を物の名とする日本流

〈色彩〉の科学的研究にもニュートンが登場し、太陽の光を七色のスペクトルに分解した功績で知られています。赤と紫の間には無限の色の変化があり、そこでの三原色は赤、緑、菫（紫）と証明されています。青と黄の混合は緑ではなくて白、赤と緑の混合が黄であることはヘルムホルツによって一八二五年に実験されています。虹は日本では七色ですが国により五、六色といわれています。

原色
Primary color

カーニバル三原色がはち切れる　田辺進水

新築の玄関飾る熱帯魚　手塚良一

原色の涙が落ちるアイライン　上村健司

三原色くるくる回り白となる　澁江昭一

ジャングルの花原色は叫びかも　平野こず枝

〈選者吟〉

領袖の旗原色が見当たらず

〈原色〉は混合していろいろな色を作り出せる基本の三色をいいます。

光の色の三原色は赤、緑、青で混ぜると白になります。絵の具の三原色は青緑、赤紫、黄色で、全部を混ぜると黒灰色になります。

また、色の三要素としては色相（色あい）、彩度（鮮やかさ。白、灰、黒が混じらないほど鮮やか）、明度（明るさ、光の強弱）が挙げられます。

音声 Voice

声紋で脅しのテープ足がつき　白浜真砂子

胎動へ母の音波で語りかけ　穴澤　良子

懐メロがレコード盤と共に消え　矢田　茂雄

音声で手順教える家電品　矢守長治朗

恋成就もとの美声にかえる猫　島田　利春

顔よりも声で気分がよく分かり　畔柳今朝登

〈音声〉は、人の声ですが、通常は意味の伝達を目的とするものをいいます。音声を発する器官には、喉（声帯）、口腔、鼻腔がありますが、人間は呼気とともに言葉を発することができるのでいろいろなことを経済的に喋ったり歌ったりできます。吸気で喋ると「ホッテントット」と聞こえます。音声を電気信号（アナログ、デジタル）に変えて送受するのは、今や当たり前となりました。

匂い

Smell

川の名を匂いで当てる鮭の鼻　田辺 進水

人間の生きるあかしが匂ってる　奥村豊太郎

写真から手繰るあの頃あの匂い　井上 猛

芳香剤の部屋に満ちてる化学式　平野こず枝

寝つかれぬ夜をハーブが慰める　赤間 列子

樟脳の香に母がいる古箪笥　手塚 良一

〈匂い〉の微粒子は鼻によって捉えられる情報で、人の食欲や性欲を促進する快い香りは、芳、芬、薫、馨と書かれ、逆に不快な刺激を与えるものは異臭、悪臭など「臭い」と表現されます。

人、犬、昆虫では感じる匂いの強弱や種類はかなり異なります。動物や植物から出来る香水、火山噴火による二酸化硫黄など匂いもいろいろです。一般的な匂いの単位の呼称はまだ無いようです。

円形

Circular

πイコール3算数が好きになる　田辺　進水

円陣を組み確かめる合い言葉　上鈴木春枝

万人のドラマを呼吸するドーム　穴澤　良子

技不要円はソフトが書いてくれ　木村　一路

円形に脱毛症という言葉　菅井　京子

北風へレタスのように着膨れる　田村としのぶ

〈円形〉は平面に描かれる丸い形で、その中心は円心、円の周りが円周です。円の直径と円周との比、つまり円周率は3・14と覚えてきましたが、二〇〇一年から3と概算されることになりました。自然界には円よりも惰（だ）円を描く運動の方が多いようです。

中国料理の円卓、古代ローマの円形劇場が知られており、丸い影、月の別名は円影と呼ばれます。

対称

Symmetry

富士山は漢字にしてもいい形　田辺　進水
いにしえの貴族が遊ぶ貝合わせ　菅井　京子
左手が叱る右手の出来心　上鈴木春枝
阿と吽《うん》で門を固める仁王像　長谷川路水
夫婦岩かくありたいと初日の出　細貝　芳二
二つ折り羽を重ねて蝶止まる　君成田良直

〈対称〉は左右が等距離に対応している状態です。直線で折り返すと重なる線対称、点について一八〇度回転すると重なる点対称などがあります。人間も外見は大体対称となっており、ギリシャ語に発するシンメトリーは対称を均整、調和美の典型とも見ていました。原子核の中にも対称の状況があります。ロールシャッハテストの対称的な図は性格判断に使われます。

江戸中期に生まれた川柳

川柳は江戸中期の市民社会で俳諧（の連歌）から前句付（まえくづけ）として独立し、さらに前句も切り離しました。「誹風柳多留」の中でも当初は作者名がなく、投句の取次（連）の名前が出ているだけでしたが、のちに作者名を記し、今の姿の川柳へと発展してきました。ちょうどロケットが補助エンジン部分を途中で投棄して宇宙に向かっているようなものです。人の心次第でどの軌道を行くか、どの星に行くかは自由です。

川柳は過去、自由な時代に栄え、戦時体制下のように精神の自由が制約を受けた時には、しぼんでしまいました。いわば自由の申し子なのです。二十世紀の初めから川柳は大きく変わり、作者の内面を詠む作品がふえました。二十一世紀は自由の価値がますます認められ、それにつれて川柳も盛んになるでしょう。

人間を詠む詩

川柳は俳諧からひとり立ちしましたが、とりわけ重要なのは明和二年（一七六五年）の「誹風柳多留」初篇の発刊で、今から二四〇年ほど前です。短歌の千年以上、俳句の四百年以上の歴史に比べれば、川柳は若い文芸と言えます。文語に翻訳せず、今の言葉で人間や社会をリアルに詠むのを特徴とします。五七五のリズムは俳句と同じですが、テーマの正面には常に人間を置くところが俳句とは違います。

川柳の詩としての面白さは一句の中にアイロニーを持っている点です。反語、風刺、諧謔、皮肉、機知、逆説、矛盾などを含む広い概念です。これらはいずれも自然界に存在しない、人間くさい概念です。さらに現代川柳では叙情、詩性、軽味に対する重み、真実味などが要素として加わり、幅広い人間諷詠の詩として考えられるようになっています。

第2章　物質やエネルギーの仲間

原子

Atom

両刃もつ原子心で手綱とる　飯野 文明

大国の雪解け核も粗大ゴミ　井ノ口牛歩

電顕で見えぬ原子が見えてくる　平野 清悟

原子力には神の手と悪魔の手　野見山夢三

安全な核へ平和を確かめる　山本 義明

〈選者吟〉

暴れると手がつけられぬ原子核

〈原子〉は物質を分割していった時にその物の性質を保ったままの最小単位の粒をいい、語源はギリシャ語、英語ではアトムといい、元素の構成要素となります。

原子核とその周辺を回る電子から成り、原子核はプラスの電荷をもつ陽子と電荷をもたない中性子（重粒子）から成ります。陽子の数は原子番号と呼び、陽子の数と中性子の数を足したものは質量数と呼ばれます。

粒子

Particle

癌だけを狙って飛ばす重粒子　日野　真砂

美しい土の粒子を生むミミズ　後藤　育弘

微粒子が泣き砂の音をこすり出す　長谷川路水

マイナスとプラス粒子の恋心　岡村　政治

宇宙から見えぬ粒子が降り注ぐ　松島　秀夫

〈選者吟〉
和戦両用の顔している粒子

〈粒子〉は物質を構成している微細な粒をいいます。粒の最も小さいものとして分子の存在が予言されたのは十九世紀ですが、二十世紀には、さらに小さい粒として原子、その中にある素粒子、クォークと、チャイニーズ・ボックスのように、より小さい粒子が見つけられました。巨大な加速器で粒子を衝突させて新しい粒子を見つけたり、重粒子をガン治療に利用する方法も実現しました。

粒

Grain

ナノテクの化粧の粒子皺に消え　白浜真砂子

人間も粒で出来てる顕微鏡　田辺　進水

一粒の米の貴さ今は失せ　梶川　達也

微粒子にぴりぴりしてる花粉症　出口セツ子

農薬の影がちらつく粒揃い　穴澤　良子

〈選者吟〉

粒に粒そのまた粒ときりがなし

〈粒〉は、丸くて小さいもの、穀物の種子などをいいます。素粒子が見つかり物質を構成する究極の単位物質（陽子、中性子、電子、光子など）と考えられていましたが、陽子や中性子を構成するクォークという基本粒子が見つかりました。

ノーベル賞の小柴昌俊先生は、スーパーカミオカンデという地下観測装置で太陽からのニュートリノ素粒子を把えました。

放射能

Radioactivity

アデランス貸そうか放射能が降る　浅田扇啄坊
原潜の墓場は誰も近よれず　上田野出
年毎に早まる脳の半減期　田辺進水
問題は量です酒と放射能　中条公陽
若返り願う五十路のウラン風呂　安藤文敏
〈選者吟〉
半減期たちまち愛の放射能

〈放射能〉は普通はエックス線、アルファ線などの放射線を出す物質をいいます。不安定な原子核が壊れて安定した原子核に変わるとき放射線を発しますが、これを人工的に行ってエネルギーを取出したり、農作物の品種改良やがんの治療にも利用します。

　一方、放射能による大気、水、化学汚染や放射能雨は人間の生存を脅かし問題になっています。

エネルギー Energy

妻が注ぐ酒次の日のエネルギー　上田　野出
雑草も天からもらうエネルギー　野見山夢三
使用後の処理に窮するエネルギー　山本　義明
省エネのついでに励むダイエット　中原　操雪
省エネを思いぬるめの燗とする　中条　公陽

〈選者吟〉
環境に気がねがふえたエネルギー

〈エネルギー〉は電力の形でさまざまな機械を動かし、高度経済成長をもたらしました。村をダムの底に沈めた水力発電のウエートが減り、石油、石炭、原子力への依存は地球環境に様々な問題を投じました。

　太陽、地熱、波、風、バイオマスなどのクリーンなエネルギーが注目され、また、省エネ、原子力の安全性、核燃料サイクルなどの技術開発が進められています。

熱

Heat

四分の熱六分の侠気死語となる　安達　功
ソーラーにうれしい日ざしよく続き　荒蒔　義典
何となく低温火傷するカイロ　穴澤　良子
人間も地球も熱いもの芯に　田辺　進水
温暖化病める地球の微熱かも　岡村　政治
比熱１水を見習う冷静さ　菅井　京子

〈熱〉は物の温度を上げ、また焼く力をいいますが、熱さ、体温、物事への熱中なども熱と表現されます。人類の歴史は自然界から熱を得たり、運んだり、逃がしたりすることへの挑戦とも言えます。エネルギー保存則は物体の力学的エネルギーの一部が熱エネルギーに変化することですが、仕事、摩擦、熱という一見異なる要素が一つの体系の中にバランスを保っているのです。

カロリー Calorie

やりましたカロリー減らしサイズ9　矢守　保子

カロリーを言うから飯がまずくなる　田辺　進水

テレビ料理カロリー表にない珍味　東井　淳

五十年カロリー不足から過多へ　木村　一路

目測でカロリー計る膳のもの　土屋　みつ

〈選者吟〉

カロリーの切れ目ジョギング引き返し

〈カロリー〉は熱量の単位です。一カロリーは一グラムの水を一℃だけ高めるに要する熱量ですが、栄養学では千倍してキロカロリー(kcal)を単位としています。日本人成人が軽い労働に従事している時は、一日男子二五〇〇kcal、女子二〇〇〇kcalが必要とされ、その四分の三は糖質(でんぷん)に依存してきました。飽食の時代は、総摂取量が増え、脂質、タンパク質の量が増えてきました。

金属
Metal

金属も酷使されれば疲労する　今岡　久美

貴金属オンパレードのクラス会　菅井　京子

洋食の左右に握るステンレス　小山　一湖

金属の手で握手するのも科学　原野　正行

針金を混ぜ鳥の巣も都会的　上村　健司

〈選者吟〉

金属の肌を荒らしに来る酸素

〈金属〉の歴史は紀元前四千年のエジプトの銅精錬に遡ります。宗教行事のための聖器や鏡に鉄や青銅（銅錫の合金）が用いられ、さらに農具や武器へと拡がります。

紀元一～三世紀頃からは錬金術もはやり、胡散臭さの中にも化学実験や医学の発展に貢献しました。元素の八十％を占める金属は多様な材料として利用され、新合金や逆に高純度の金属も開発されています。

鉄

Iron

事故現場鉄はこんなに柔らかい　宮内　可静

砲弾の鉄知らぬ手にビール缶　竹内　紫錆

鉄骨を曝してドーム訴える　鈴木　青古

金銀に負けるな鉄の正義心　岡村　政治

鉄よりも硬い頭を持て余し　瀬下　秀雄

〈選者吟〉

鉄冷えるとき人冷える鉄の街

〈鉄〉は多量、安価な金属で、人類の歴史にも鉄器時代として早くから登場します。

固いものの代表のようにいわれますが、白熱すれば溶解し、用途は自動車、鉄道など実に多様です。強磁性を持ち、大気中で錆びるのも特色です。

文学では、金とともに登場する頻度の多い金属で、固いもの、動かないもの、強いものという形容に用いられます。

ダイヤモンド

Diamond

ダイヤモンド燃やせば灰と負け惜しみ　延沢　好子
スイートテン鯛焼十でごまかされ　大石　恵子
時計の中に砂粒ほどのわがダイヤ　木村　一路
ジルコニアダイヤで満ちる妻がいる　竹内　祝子
憧れと嫉妬が混じり合うダイヤ　小山　一湖
拝みたし一一四面体カット　青柳おぐり

〈ダイヤモンド〉は、炭素を成分とする結晶です。鉱物の中では、もっとも固く美しい光沢をもちます。宝石用にブリリアンカット(五十八面)に研磨されるのが普通でしたが、一一四面カットも出現しました。

ダイヤは富と権力の象徴とされていますが、価格変動が少ないので財産保持の意味もあります。工具や精密機械にも多用されています。

カルシウム

Calcium

ストレスに溶けて出て行くカルシウム　矢守　保子

カルシウム三粒カリカリ母の朝　竹内　祝子

腹の子の分も牛乳温める　上鈴木春枝

石筍というポリープが地球にも　手塚　良一

八〇二〇残念ですとカルシウム　船橋　　豊

うま味より頭で食べるカルシウム　大島　脩平

〈カルシウム〉は石灰石や生物の骨などに含まれる銀白色の柔らかい金属元素です。成長や健康維持に大切なミネラル栄養素であり、人体に吸収しやすいカルシウム食品としては牛乳、小魚、小松菜などがあります。

また欠乏すると歯や骨などが脆くなり、骨粗鬆症の一因となります。カルシウムは摂取するだけでなく適度な運動によって骨に定着するものとされています。

資源

Resources

資源ゴミと呼び空き缶が捨てられぬ　中辻　吉雄

天然の水をボトルで買って飲み　穴澤　良子

地球少し長寿にさせるリサイクル　君成田良直

資源ゴミ生まれ変わりも資源ゴミ　中村　知恵

省資源ネオンを消したこともある　加藤　順也

海底の資源へヒト科目を向ける　山下　博

〈資源〉の資は積み重ねておくこと、源はみなもとの意味ですから、もとは地下の鉱物や山林など天然のものをいいましたが、今では人間が採取して利用するものすべてを呼びます。

鉱物、土地、水などの自然資源のほかに、人工的に得られる動植物、食糧、エネルギー資源、さらには経営の立場から見て役に立つ物質やノウハウ、人材などの総称にも使われます。

水

Water

一滴の試薬へ色を変える水　後藤育弘
浄水器付けても疑り深い水　穴澤良子
捨てた村湧水だけを汲みに行き　細貝芳二
逃げ水を追って男の息が切れ　勝賀瀬季彦
人間に嗅ぎつけられた月の水　今岡久美
男の目で建てて不便な水回り　平野こず枝

〈水〉は紀元前には空気、火、土とともに四つの根本物質（元素）と考えられていました。プラトンは水を二十面体として捉え、アリストテレスは湿っていて冷たい元素と定義していました。

海水、水道水には塩類、二酸化炭素などが含まれています。水の氷点は一気圧下で0℃、沸点は一〇〇℃とされていましたが、一九九〇年から沸点は九九・九七四℃となっています。

アルカリ

Alkali

やはりあるアルカリの人酸の人　木村　一路

ぬるぬるとべとべとアルカリの男　岡村　政治

中和するようにビールを飲み続け　田辺　進水

アルカリでなく銘水といって売り　安藤　文敏

アルカリの酒飲み過ぎて青くなり　山本　義明

アルカリの土紫陽花もいろいろに　伊藤　直次

〈アルカリ〉は赤のリトマスを青に変えるものということは小学校の理科で習います。

　水溶性の塩基の総称ですが、酸と中和して塩を生ずる性質をもつところから、実用面のほかに中和剤として事柄の比喩にもよく使われます。もともとは植物の灰をいうアラビア語だそうです。

　最近では健康食品としてのアルカリが注目されています。

川柳の定義は

長い間、川柳をやっていても、意外にむずかしいのが川柳の定義です。広辞苑には前句付から独立した十七字の短詩と書かれ、「簡潔、滑稽、機知、諷刺、奇警が特色」とありますが、現代の川柳の持つ多様性、特に抒情や詩性、真実味には触れられていません。一方、現代俳句の解説には、末尾に「定型、季題を否定する主張もある」とあり、現代俳句の流れも紹介しています。

社団法人全日本川柳協会では、マスコミなど向けに分かりやすく書いた川柳についての見解をまとめています。その中には「川柳は人の心に強く訴える内容を、できるだけ平易な言葉で表現する」とか「川柳は文字遊びや語呂合わせではない」「作家の個性を大切にする」「ふざけた雅号や匿名はやめよう」という趣旨が述べられています。これでもまだ川柳の定義には十分とは言えません。

川柳と俳句の違い

川柳と俳句の違いはよく聞かれる質問です。人間諷詠と自然諷詠、有季と自由、口語と文語、切れ字の有無と連用止め、と答えていますが、どうも分かりにくいようで、しばらくすると、また同じ質問をされます。

以前ラジオ番組に出たときは、少し角度を変えて感覚的に説明してみました。俳句は「さらさらと」「淡々と」「粛々と」詠み、川柳は「ぬけぬけと」「きりきりと」「ルンルンと」詠む。意外にも「分かりやすかった」といわれました。

マンガ時代のものの説明の仕方はひと工夫がいる、と思いながら、こんどは、俳句は「目に見えるもの」を写生し、川柳は人の心のように「目に見えないもの」を描く、とか、俳句は「固い立方体のような詩型」、川柳は「柔らかい球のような詩型」ともいっています。

第3章　気象は止まらない

乾燥

Dryness

マイカーのドアにパチッと静電気　手塚　良一

脇役の乾燥剤は澄まし顔　長谷川路水

乾燥剤開けて正体みたくなり　大島　脩平

セーターをミニミニにした乾燥機　矢守長治朗

一雨が欲しいと思う植木棚　竹村　昌子

〈選者吟〉

乾し草の匂いに牛は目を細め

〈乾燥〉で乾燥機や砂漠のほかに地球温暖化も連想されており、環境問題の深刻さが窺われます。

　比喩としての乾燥には面白みが無いという意があります。英語のドライは辛口（糖分が発酵してアルコールになる）、禁酒（パーティーなどで酒抜き）も意味し、またドライ・ヒューモアは何食わぬ顔でユーモアを言うことに使います。原義は湿気、水分が無くなり乾くことです。

湿度

Humidity

水虫が今日の湿度を言い当てる　上村　健司
イエスマンばかりの部屋へ風通す　松尾タケコ
不快指数上がれば蛍乱舞する　中村　知恵
ピクニックにはついていくぬれティッシュ　赤間　列子
植林が護る地球のしっとり度　梅原　環
湿り気が欲しい老化の皮膚となり　細貝　芳二

〈湿度〉は大気中に含まれる水蒸気の割合をパーセントで表わします。湿度計は十八世紀にソシュールにより百の目盛のついた毛髪温度計ができ、十九世紀には乾湿球温度計、二十世紀には電気工定式、電気抵抗式、赤外線吸収式などが登場しました。日本の夏はむし暑く、気温と湿度の関係をもとに測定される不快指数では七十五で半数の人、八十で全員が不快を感じます。

風

Wind

風車カラカラと鳴り水子の忌　久野　明子

あるときの風モンローを慌てさせ　梶川　達也

台風のまんまん中にある無風　岡村　政治

インターネットに先を越された風だより　矢守長治朗

黄砂運ぶ偏西風にさからえず　荒蒔　義典

〈選者吟〉

風避けになる父として胸を張る

〈風〉は空気の流れです。気圧の高い所から低い方へ流れます。大きな風は等圧線にほぼ並行に吹きます。風力の大きさは、煙がまっすぐに昇る「静穏」から、人家に損害を与える「暴風」「烈風」まで、十二段階（地上）に分かれます。貿易風、偏西風、ジェット気流、ビル風など、いろいろな名称がつけられており、フェーン現象を起こす「やませ」や、山から吹きおりる「おろし」などがあります。

風②

Wind

ハッピーな風を待ってる風蝶花　平野こず枝
風置いて特急列車走り去り　上鈴木春枝
電力も作り出せると風の自負　加藤　順也
風鈴が公害となる大都会　細貝　芳二
土壇場に来ても揺れてる風見鶏　長谷川路水
音立ててペットボトルの風車　君成田良直

〈風〉は風向と風速で表わされます。気圧の差や地球の自転、温度差などによって起こります。風力を動力源として利用することは、七世紀イスラム圏で灌漑用揚水や製粉に風車を利用して始められました。クリーンなエネルギーとして風力発電が注目され、風車が新たな風物となりました。

　ロマンを呼ぶ帆船、上昇気流を活用する航空機など風と文明の関係は深いものがあります。

気圧

Atmospheric pressure

ミリバールいつしか死語の仲間入り　荒蒔　義典

今朝の妻予報外れた低気圧　井ノ口牛歩

子の出来で我家の気圧上下する　岡村　政治

ヘクトパスカル早口言葉試される　久野　紀子

大寒波等圧線も震えてる　田辺　進水

〈選者吟〉

ふところは冬の気圧に居座られ

〈気圧〉は大気の圧力です。同じ圧力で摂氏零度の水銀柱を押し上げる高さは七六〇ミリで、これを一気圧とします。

単位は長くミリバールと呼ばれ、台風の時期にはよく耳にする言葉でしたが、ヘクトパスカルという呼称に変わりました。

渦巻状の等圧線、気圧の谷、西高東低の冬型、南高北低の夏型気圧は気象予報の耳なれた用語となっています。

気流

Air current

ニーハオと黄砂が乗って来る気流　上村　健司

紅葉前線に気流も染められる　小栢　幹子

飛行機はこりごりという乱気流　竹内　紫錆

よい気流トンビに学ぶグライダー　木村　一路

上昇気流チャンスうかがう北帰行　穴澤　良子

人脈のジェット気流に乗り遅れ　梅原　環

〈気流〉は、地形や温度差によって生じます。ある一地点で吹く風と異なり、広がりをもつ気層全体の動きを指します。方向により上昇、下降、北東気流などと呼び、山上や成層圏との境い目などで起きる激しい乱れを含んだ気流が乱気流です。

　ジェット気流は、上空十キロメートル付近を吹く強い西風をいいます。地球の自転などで起き、飛行機の運行に影響する東へ吹く風を偏西風と呼びます。

水蒸気

Steam

湯けむりと書けば蒸気も色っぽい　田辺　進水
ＳＬのカメラサービス噴いてみせ　平塚すゝむ
ふるさとはいいな川面の水蒸気　竹内　祝子
アッチッチ目には見えない水蒸気　大山くさを
ポッカリと空に浮かんだ水蒸気　小山　一湖
熱々の蒸気が心地よいサウナ　梶川　達也

〈水蒸気〉は、水が蒸発して気体となったもの。湯気、単に蒸気とも呼ばれます。一七六五年には、Ｊ・ワットが蒸気を直接ピストンに作用させる効率のよい蒸気機関を建造し、特許もとりました。

この年は、江戸で柳多留初篇が刊行された年でもあります。

十八世紀後半からは蒸気を動力源とする汽車、船、紡績など産業革命の急速かつ広汎な発達へとつながります。

酸性雨

Acid rain

ハイテクの裏目おそろし酸性雨　松島将作久

酸性雨でナメクジになるカタツムリ　山本　義明

酸性雨あとにグレーの虹が立ち　野見山夢三

彫金を頭から喰う酸性雨　日野　真砂

ライバルの鼻なら溶かせ酸性雨　竹内ヤス子

アルカリの雨をと祈祷師に頼み　おかの蓉子

〈酸性雨〉は石炭や石油を燃やすことによって、そこに含まれる硫黄酸化物や窒素酸化物が雨や雪に溶けて地表に降りてくるものです。森を枯らしたり、湖水を汚したり、歴史的な建物やブロンズ像もボロボロになり始めています。石炭、石油を燃やすことは、経済成長にもかかわりがあるので、各国の利害が対立していますが、知恵を集めて、地球の健康を守って欲しいものです。

凍結

Freeze

カプセルに詰めて凍結した昭和　矢守長治朗

凍結精子チリメンジャコを見て思う　田辺　進水

凍葬となり春を待つ収容所　奥村豊太郎

アリランの根雪とけ出す国境　増田　幸一

氷結の滝が溜めてるエネルギー　上鈴木春枝

マンモスのゲノム解け出す温暖化　東井　淳

〈凍結〉は凍りつくことで、地球の氷河期を連想します。食品を凍結して貯蔵する最初の試みは一八六〇年頃アメリカで断熱箱に氷と塩を混ぜて低温を得たのが初めです。

後にアンモニアやフロンガスが用いられるようになり、今はフロン代替物が求められています。

また、資産や資金を一定の状況にとどめておいて、移動や使用を禁ずることも凍結と呼ばれます。

地震

Earthquake

揺れが止みこんなものかとやせ我慢　井上　猛

体験車だから笑える震度七　岡村　政治

十一時五十八分今日も生き　浅田扇啄坊

地震時の缶詰め開ける不意の客　安藤　文敏

地震速報好取組に割って入り　上田　野出

〈選者吟〉

ぐらりいざ火元へ走る地震馴れ

〈地震〉は日本では人体に感じられるものが年に五百〜一千回あるといわれ、揺れの激しさにより微震、軽震、弱震、中震、強震、烈震、激震と呼ばれます。

地震の大きさの尺度としてマグニチュード(M)があり、M6・1の地震のエネルギーは広島型原爆一個に相当します。地震予知は人類の願いですが、動物の異常行動も前兆の一つとされています。

気候

Climate

週末にまたやってくる低気圧　原野　正行

異常気象世界の商社走らせる　岩間　一虫

ドンピシャリだったら予報など要らぬ　大島　脩平

馬耳東風大陸性の妻である　穴澤　良子

立ち仕事秋の気配を足で知り　上村　健司

〈選者吟〉

ぬくい冬涼しい夏と脅かされ

〈気候〉は、気温や降水量などの状況をいい、間氷期（約一万年）にある現在、地球全体は氷河期に向かっていますが、数十年の単位で見れば温暖化としてエネルギー消費や森林破壊など人工的影響が問題となっています。

温暖化は、海面水位の上昇、食糧生産の減少、伝染病の増加といったマイナス面が出るため、CO_2抑制などが国際的な環境保護問題として取り組まれています。

季節

Season

拝啓に続く季節の言葉選る　上鈴木春枝

恋の季節タマはいそいそ逢いに行く　山下　良子

養殖とバイオが四季を忘れさせ　長谷川路水

傾いた地球のおかげ四季があり　木村　一路

エアコンでノッペラボーの季節感　田辺　進水

ハウスものが先取りをする季節感　小山　一湖

〈季節〉は地球の自転と地軸の傾斜により生じる地域特有の寒温乾湿、風向などの気象条件をいい、緯度経度の差、大陸か海洋かによっても変化があります。季節は生物の生活全般を規制し、日本は四季がはっきりしていますが、乾季と雨季の国、常夏の国もあります。

　花粉症などの季節病、季節商品、季節労働者や統計上の季節調整、季節関税など季節を特徴とする事柄があります。

波

Wave

人生の起伏と思う波がしら　荒蒔　義典

のこぎりもオイストラフも音の波　木村　一路

電波真っ二つジェット機のお通りだ　浅田扇啄坊

地震波の直撃首都にいておびえ　服部　哲雄

一波長遅れの父は同位相　東井　淳

波立てず妻に合わせる周波数　野見山夢三

〈波〉は水面の高低運動、うねりをいい、音、光、電気などにもある性質の一つです。景気の波はグラフにも描かれます。

波長の長さによりいろいろな用途や呼称があり、例えば超音波は振動数が毎秒二万回以上の音波です。

超音波を用いて連続的に体内の断面構造を描かせるCTはがん、脳しゅようの診断に大活躍しています。

エルニーニョ

El Niño

天井のえび脅かすエルニーニョ　平野　清悟

エルニーニョ異常気象のかくし球　山本　義明

青い地球を赤くしていくエルニーニョ　大戸　和興

当たらない予報のせいにエルニーニョ　穴澤　良子

神様が動いたらしい風の音　田辺　進水

〈選者吟〉

名を聞けばいたずら盛りエルニーニョ

〈エルニーニョ〉は南米ペルー沖で起きる海水温の異常上昇現象をいいます。スペイン語で「神の子」を意味しクリスマスの頃発生しますが、半年以上続き世界中に異常気象をもたらすことがあります。日本では集中豪雨、冷夏、暖冬が起こりやすく、ペルー沖ではプランクトン、カタクチイワシの減産が起き、アメリカ産大豆の逼迫を招き、日本の豆腐値上がりに及んだこともありました。

あたたかみのある笑いを

川柳は笑いの文芸とよくいわれますが、それは人間をテーマとする詩だからです。自然を詠む俳句では、人間の「見る目」を借りてこなければ笑いは生まれません。ところが、川柳ではテーマ自体に笑いがあるのです。笑いには大笑、微笑と程度を表すものから、苦笑、冷笑、嘲笑、失笑といった屈折したものまでいろいろあり、川柳にはそのどれもが詠まれています。

ユーモアの笑いにはあたたかみの要素が含まれ、人が生きていく上で、これがどれほど大事なことか分かりません。ユーモアの話題のあるところには人が集まり、ユーモアの話題のある雰囲気の中では病気の回復さえ早くなるという実験結果があると報告されています。若者に聞くと「好きな人」の条件には、たいてい面白い人、ユーモアのある人という要素が入っています。

川柳のエネルギーと社会の評価

川柳は口語、今通用している言葉なら何でもありです。専門語も外国語も、流行語も雅語も、卑語も方言も、ともかく自由です。あらゆる言葉を動員して、心の中を訴えるわけですから、気取ってはいられません。それが川柳の持つエネルギーであり、市民社会で愛好される所以だと思います。

一九九八年に田辺聖子著『道頓堀の雨に別れて以来なり』の出版記念句会が大阪で開かれ、出席しました。岸本水府の句をタイトルとするこの川柳評伝は「中央公論」に六年連載され、上下二巻一三〇〇頁に及ぶ労作です。聖子先生は記念講演で、川柳という素晴らしい人間諷詠詩が世に正しく評価されていないことは文壇にも責任がある、と主張されました。川柳に生涯を賭けた人たちの足跡を、芥川賞作家が十年かけて取材したこの本は凡百の川柳解説書に優ることでしょう。先生の講演にもしばしば川柳が登場します。

第4章　宇宙という大空間

太陽

Sun

陽の恵み窓際族にやや厚く　日野 真砂
太陽が閉じた心をノックする　野見山夢三
絵日記にゴッホを凌ぐ陽が踊り　久野 紀子
請求は来ない太陽熱利用　井ノ口牛歩
太陽に首のばされるチューリップ　太田紀伊子
ソーラーカーほどの速さが性に合う　津田 暹

〈太陽〉はいつの世でも太陽系宇宙の中心です。地球も太陽の周囲を一年かけて回ります。科学研究の中心テーマであり、また信仰や様々な芸術の対象とされています。

そのエネルギーは今や地球環境保護の視点から注目を浴びています。太陽電池は今世紀の大量普及をめざし、色々な活用法が研究され、実用化されつつあります。暦として時間の物差しにも使われています。

惑星 Planet

惑星は広い宇宙の水すまし　田辺　進水

美女一人めぐり男は小惑星　鈴木　青古

行きたいがやっぱり恐ろしい宇宙　松原　紫穂

惑星のようにぞろぞろインターン　梶川　達也

不良惑星に地球が堕落する　井ノ口牛歩

〈選者吟〉

惑星を順に覚えて眠くなり

〈惑星〉は太陽のまわりをだ円形の軌道で回っている比較的大きな天体をいいます。

理科の時間に太陽から近い順に九つの星（当時）を水、金、地、火、木、土、天、海、冥と覚えた人もいるでしょう。二〇〇四年にも冥王星より遠い「セドナ」が発見されました。

川柳では惑星に似た状況を人間関係の比喩として用いることが多いようです。

衛星

Satellite

アンテナなき家衛星に見おろされ　野見山夢三

衛星の故障宇宙で直される　平野清悟

衛星はどこにあるのと頬を寄せ　北田正弘

衛星が軌道をそれて恋に落ち　久野紀子

衛星の窓に地球は青かった　飯野文明

衛星に居場所を告げるツルの旅　井ノ口牛歩

〈衛星〉は地球に対する月のように、もともと天体にあるものを言ったのですが、最近では人工衛星の方が話題になります。

太陽系惑星の衛星は一三〇ほどあり、まだふえる可能性があります。

一方、日本は世界第三の人工衛星打ち上げ国で放送衛星「ゆり」、通信衛星「さくら」、気象衛星「ひまわり」などさまざまな用途の衛星があります。

天文

Astronomy

星無尽天文学の果て知れず　松島秀夫

新星の発見うれし名を残し　斎藤青汀

宵に明けに金星というアクセント　荒蒔義典

鼾かきドームの星座夢のうち　大島脩平

水金地火木だんだん冷えてくる　菅井京子

〈選者吟〉

彗星を見ていてひげが欲しくなり

〈天文〉は天体のいろいろな現象のことで、天体を調べる天文学は古代星座の地図を作ることから始まりました。暦ができ、太陽系の宇宙が解明され、二十世紀には人類が初めて異星に到達しました。肉眼から巨大望遠鏡へ、人工衛星、スペースシャトルへと、人智は果てなく無窮の空へと広がっていますが、天文には実用の他に、美やロマン、知的好奇心を引きつける神秘さがあります。

星座

Constellation

シリウスに君の視線を結ばせる　太田紀伊子

本物の星座を消したネオン街　岡村　政治

蠍座に金運とあり株を買う　飯野　文明

天の川が邪魔だねベガとアルタイル　おかの蓉子

彦星は織姫程に燃えていず　片倉　忠

〈選者吟〉

天球を曲がりくねって海蛇座

恒星の位置をある形に見立てる〈星座〉は、科学や文学で神秘とロマンの対象として古来、人に数多くの夢を与えてきています。

西洋で命名されたものが多く、国際的に八十八星座が承認されています。全天くまなく、星はどれか一つの星座に属することになっており、重複はありません。

生まれ月と星座を組み合わせて占いにも使われています。

軌道

Orbit

親の敷くレールを降りる反抗期　上村　健司
軌道はずれ広い宇宙のごみとなる　澁江　昭一
定年の前に軌道は消えていた　中田　秀夫
宇宙船軌道に乗せて胸をなで　赤間　列子
彗星の軌道にも似たやんちゃくれ　田辺　進水
衛星も人も軌道に苦労する　矢守長治朗

〈軌道〉は、車の通る道や天体の運動する道をいいます。太陽の周囲には水星、金星、地球等の惑星が一定の軌道を描いて公転していますが、それらの惑星の軌道を追って、数多くの人工衛星や探査機が打ち上げられています。

赤道上空約三万六千キロの軌道では、衛星は地上から見て一点に止まっているように見えるので、この軌道を静止軌道と呼びます。

重力

Gravity

重力があり筋肉が鍛えられ　中条 公陽

天国と地獄の間の無重力　中原 操雪

年毎に妻の重力伸し掛かる　大島 脩平

重力のはざま派閥の芽が育つ　上田 野出

重力に勝てぬ睡魔もほお杖も　荒蒔 義典

〈選者吟〉

重力のせいで短い足となり

〈重力〉は電磁力などとともに自然界に作用している四つの力のひとつです。ニュートンの力学では地球上の物体に働く引力として、またアインシュタインの相対性理論以後は、重力は光速度で伝わる波として理解されています。

宇宙船内の無重力状態では毛利さんが楽しそうでした。川柳では物理理論にお構いなく、様々な重力が登場します。

現代川柳には詩性も抒情も

現代川柳が江戸川柳と違う点は、①主観句、つまり作者名を明らかにして心の内面を詠む句が増えたこと。短歌的な抒情は今や川柳の主流となっています。②詩的表現が重視されること。比喩の中でも暗喩が好んで用いられるようになっています。このため、川柳の意味性が薄れ、一読して誰にでも分かるという安直さは減りました。③時事句がマスコミ柳壇と結んで専門化、速報化していること。この速報性はインターネットを媒介として急速に愛好者を増やすものとみています。

右の点は二十世紀の百年の間に川柳が変貌、発展している特徴的な事柄です。では二十一世紀の川柳はどのようになるでしょうか。私はさまざまな詩的要素がリシャッフルされ、結合されるのではないか、それをハイ(俳)ブリッド川柳と洒落て呼んでいます。

課題の幅広さは絵や音楽も

　初心者から老練作家まで厖大な数の作家群を持つ定型短詩の世界では、選者による選句制がたいていの句会で行われています。課題（あらかじめ出しておく宿題・兼題と当日出す席題）は、俳句では季語がほとんどですが、川柳では名詞、動詞、形容詞はもとより、時には副詞、接続詞、感嘆詞、また外来語、流行語など、ありとあらゆる言葉から出題されます。

　言葉だけでなく、絵や写真、抽象的な図形を見せて作句させたり、音楽や劇からイメージを膨らませて句を作ることもあります。選者は幅広い知識と柔軟な脳を持っていないと、いろいろな角度から作られる作品に立ち向かうことはできません。選者も試されます。その上で、文学的資質、公平さ、披講の態度などが衆人環視の中で求められるのです。拙い選をするとブーイングを浴びることもあります。

第5章　地球は生きている

起源 Origin

人類は兄弟猿は義兄弟　田辺進水

ヒトゲノムヒトの起源を知る怖さ　東井淳

自動車の起源大砲引いており　山下博

同類の猿のしぐさが憎めない　穴澤良子

胎内でイブがアダムの起源とは　木村一路

〈選者吟〉

ご破算で願う地球のビッグバン

〈起源〉はことの始まり。人類、血統、地球、通信など何ごとにも起源はあります。ダーウィンの「種の起源」(一八五九)が有名で、句にも猿が人の祖先というものがありました。地球とビッグバンを詠んだものも多いですが、研究が進むと、起源の向こうにも起源が存在することが分かります。

西洋にはこの世の活動でギリシャに起源しないものはないという世界観があります。

大陸

Continent

大陸もじわじわ沈む温暖化　　岩間　一虫

好漁場大陸棚の恵み受け　　矢守　保子

ビールスを連れて大陸から寒気　　岡村　政治

大陸の生まれ動じることは無し　　渡辺　貞勇

衛星に見せてもらった陸と海　　矢守長治朗

対馬丸大陸棚で目を覚ます　　日野　真砂

〈大陸〉は時代によって分裂・接合し、今の六大陸の形になったとの説があります。

大陸気候は雨量が少なく、昼夜・夏冬の暑寒の差が大きいのが特色です。

比喩としての大陸は、小事にこだわらず、度量雄大、感覚がのんびりしていることをいいます。

領土、資源を主張する大陸棚は海岸から水深二百㍍位までの海底をいいます。

砂漠
Desert

陽が落ちていのちが蘇生する砂漠　穴澤　良子

草よ木よ砂漠が死語となる日待つ　島並小枝子

砂漠化の予防おつむのマッサージ　岡村　政治

不夜城のカジノこれでも砂漠かな　おかの蓉子

水々しいトカゲ砂漠に神秘あり　羽山　清一

〈選者吟〉

石油湧き出してラッシュとなる砂漠

〈砂漠〉は雨量が乏しくて植物がほとんど生育しない岩や砂の荒野をいいます。年間六百万ヘクタールと言われる地球の砂漠化は、森林破壊や過放牧、過潅漑など経済成長に伴う人類の過大な収奪から起きています。

ひとたび砂漠化すると、風による砂の移動で、更に砂漠化が加速されます。文学的表現では、味気ない索漠とした状態を人間砂漠、都市砂漠などといっています。

火山

Volcano

硯から砥石墓まで産む火山　矢守　保子
目覚めには時を選ばぬ休火山　後藤　育弘
銀婚へ夫もいつか休火山　菅井　京子
活休死火山それぞれ過去を秘め　荒蒔　義典
生きている証に噴火してみせる　岡村　政治
温泉の贅に浸って火山国　松島　秀夫

〈火山〉は地下深くにある高熱のマグマが地殻の裂けめを通して地上に噴き出してきた山です。近い将来噴火する可能性のある活火山は日本に百あまりあり、富士山は活火山に含まれます。

将来噴火しそうなものは休火山、もう噴火しそうもないものは死火山と呼ばれます。溶岩、灰、ガスなどによる被害も大きく、全島避難した三宅島が記憶に新しいところです。

マグマ

Magma

大地とはマグマの上の薄い皮　木村一路
山怒るマグマは地下で手を繋ぎ　東井淳
地震予知地下で笑っているマグマ　中条公陽
のたうちてなまずに化けるマグマかな　伊藤直次
左遷地で無口の分をマグマ溜め　日野真砂
ネクタイにマグマの出口塞がれる　片倉忠

〈マグマ〉は地下でドロドロしている造岩物質をいいます。

高温で流動し、火口から噴出した溶岩により人や財産に大きな被害を出します。

玄武岩質の溶岩の温度は一二〇〇℃にのぼり、固まって火成岩をつくります。

脳の中や胸の中にあるもやもやした感情やエネルギーを比喩としてマグマと呼んだりしています。

噴火

Eruption

噴火したほんの余徳の湯につかる　矢守　保子

地球だってキレるんだぞと噴火する　平野こず枝

噴火口今は平和な馬の里　澁江　昭一

ストレスのマグマが探す噴火口　小山　一湖

凝固剤山ほど送りたい三宅　平塚すゝむ

火山灰払えぬ牛の無事祈る　赤間　列子

〈噴火〉は地下にある高温、液状の岩石（マグマ）が灰や水蒸気とともに地表に噴出するものです。

　日本では最近再び噴火した浅間山、桜島、有珠山、雲仙普賢岳、三宅島の噴火などが知られていますが、世界には約八百の活火山があります。

　これまで三百年間活動を休んでいる富士山も活火山で、過去二千年以内に噴火歴のあるものが活火山とされています。

地質

Geology

大雨に流されてから知る地質　小山一湖

鉄分の地質に花が赤茶ける　上村健司

地球史を化石炭素に語らせる　林敏和

日本の地質は踊るのがお好き　岡村政治

断層の上と思うと寝つかれず　矢守長治朗

〈選者吟〉

人類が住んで地層も汚れだし

〈地質〉の大部分は岩石ですが、泥、砂、礫、火山灰、生物の遺骸（石炭、石油など）もあります。

地質は時代の古いものから、先カンブリア界、古生界、中世界、新生界に分けられます。地震で問題となる断層や石油が賦存する褶曲（しゅうきょく）は地質の構造の一つの形態です。地質、気象などの自然的要素に土地利用、産業などを含む幅広い地理情報システムも開発されています。

土壌 Soil

美しい恋もいつかは土となり　延沢　好子

土一升金一升に咲くすみれ　梶川　達也

濡れ落ち葉微生物には好まれる　矢田　茂雄

大地もう耐え切れません酸性雨　東井　淳

紫陽花の色が土壌を知っている　田辺　進水

のたくって蚯蚓肥沃な土にする　穴澤　良子

〈土壌〉は地殻（地球の外表）の岩石が崩壊したもので、腐敗した動植物が混じり、作物が生育しやすい状態になっています。土壌には酸性、中性、アルカリ性反応があり、植物の生育には中性がよいとされています。

古代ギリシャの哲学者が唱えた四元素説は、万物を構成する根元的元素として空気、水、火とともに土を挙げ、また土は乾いたものと重いものとに分けました。

風土

Climate

つつがない風土病からきた言葉　矢守長治朗

リタイヤで在所の風土肌に合い　大久保ちよ

姉妹都市似てる風土で仲がよい　上村　健司

従容と風葬を待つ鳥けもの　増田　幸一

偉人伝某日風土病で死す　上鈴木春枝

〈選者吟〉

寒風を閉ざせば重いアクセント

〈風土〉は気候や土地柄を総括する言葉で人間とその精神を生み出す母胎をいいます。広くは産物、風俗、文化をも含みます。
風土記という呼び名は奈良時代に中国から伝わり、日本各地で地誌が書かれました。風土が科学的に追究されて環境という概念になり、さらにそこでの生物社会の研究は生態学と呼ばれ、エコロジーは流行語ともなりました。風土病にマラリアがあります。

化石

Fossil

時をかけアンモナイトが山登る　上田　野出

遺伝子を残し化石はまだ死なず　伊藤　直次

托鉢僧化石のように立っている　梶川　達也

進化嫌う不精者かも兜ガニ　おかの蓉子

後世に警告残し絶滅種　安坂　彬

〈選者吟〉

生きている化石尊敬してしまう

〈化石〉は古代の動植物の遺骸などが堆積岩の中などに残されたもの。
恐竜の化石は日本全国から発見されており、その絶滅理由が研究されています。アンモナイトや琥珀（こはく）も化石、また化石燃料と呼ばれる石炭、石油、天然ガスは、長い年月をかけて変成された植物やプランクトンの遺骸です。人類の化石としてピテカントロプス、北京原人があります。

氷河

Glacier

名水の元をたどれば大氷河　君成田良直
世界遺産の氷河が細る温暖化　日野　真砂
マンモスを冷凍保存した氷河　矢守長治朗
大海を目指す氷河の長い旅　長谷川路水
氷河期へ産んで育てて恨まれて　土屋　みつ
女子大生氷河の向こうの明日を見よ　武藤　綾子

〈氷河〉は、南極大陸や緯度の高い国、高山などで万年雪が氷の塊となり、これがある量になると、低地に向かって流れ下るものをいいます。

氷河に侵食されてできた窪地（カール）、割れ目（クレバス）、湖（氷河期）があり、また世界的に気候が寒冷となり、氷河の面積が広がる時代を氷河時代と呼びます。今の地球は、間氷期に当たり、氷が解け海水面が上昇しています。

河川 River

川汚れ股名の川の字も消える　大島脩平

水質の浄化度アユに見て貰い　後藤育弘

文明を生んだ大河の持つ威厳　長谷川路水

一級河川国道ほどに名が知れず　菅井京子

清流がよみがえるとき進む過疎　上村健司

欄干を残して川の消えた街　上鈴木春枝

〈河川〉の河は大きい川。中国では黄河を称し、大河、氷河、銀河も河です。小さい流れは川と書きますが、今では河と川は混同されています。

河川法では川は公共のものと定められ、ダム、水門、堤防の利用を促進し、公害（洪水、高潮）を除去することが謳われています。国民経済上、重要な川を一級河川と呼び、建設省が管理します。文学では、川の流れは、よく人生に例えられます。

災害

Calamity

人間の及ばぬ先は救助犬　大峰康子

断層の上に私のうさぎ小屋　平塚すゞむ

被災地へ防災服を見せに行き　島田利幸

神様が蛇口忘れていた豪雨　平野こず枝

予算化へ災害という後ろ盾　岡村政治

震源地信じきれない生き残り　中本義信

〈災害〉には、台風、地震、火山噴火などの自然災害と設計・工事の欠陥、処理方法の不良などによって生じる人為災害があります。トンネルのコンクリート崩落や東海村の臨界事故など大規模な人災に対しては危機管理の甘さが指摘されます。

法的規制が不十分なところで無秩序な生産活動によって起きる災害は公害と呼びます。人災がつぎの自然災害を引き起こすこともあります。

浄化

Purification

自己防衛部屋に備える清浄器　穴澤　良子

喫煙車を浄化している人の肺　田辺　進水

思いきり泣いてこころが軽く成り　延沢　好子

住民のパワーに負けた町のダニ　上村　健司

贅沢な暮しを見てる浄化槽　竹内　祝子

排ガスの汚染も浄化する緑化　矢守　保子

〈浄化〉は日常生活では空気や水の汚れを浄めることで、環境悪化とともに清浄化のための機器が商品化されています。

　不正を無くすこと、心の中のしこりや、無意識の中でも精神的抑圧要因を吐き出させるための治療法などにも浄化を使います。アリストテレスは悲劇を見て涙を流すことをカタルシス（浄化）と説明しています。民族浄化は醜い政治用語です。

フロン

Chlorofluocarbon

脱フロン癒えるかオゾン層の穴　安達　功

罪少しわたしにもあるフロンガス　江畑　哲男

文明の在り方を問うフロンガス　大戸　和興

スプレーの香水オゾン浮かぬ顔　野見山夢三

オゾン層の穴を繕う糸探す　津田　暹

代替のフロンに天は安堵する　日野　真砂

〈フロン〉は炭化水素の水素が塩素やフッ素に置き換わった化合物です。無毒液化が容易で不燃、無毒なために冷蔵庫の冷媒やスプレーなどに使われていましたが、大気中で分解されずそのまま成層圏まで達してオゾン層を破壊することが分かりました。破壊により太陽からの有害な紫外線がふえ、皮膚癌や白内障を起こす危険が高いため、一九八五年から国際的な使用規制が始まっています。

環境

Environment

名も知らぬ遠き島より届くゴミ　田辺　進水

ワーストの沼油絵に泥の色　久野　明子

酸性雨山をくぐれば名水に　林　敏和

兎du追った山野は芝に化け　矢守長治朗

過疎にいて環境だけは褒められる　安藤　文敏

〈選者吟〉

人類の喉元に来て朱鷺絶える

〈環境〉の問題は今や人類の生存にとって最も大切なこととなりました。一九九二年の国連環境会議以後、わが国でも環境基本法ができ、行政組織にも地球環境の所管課ができました。「地球上で生きてることをつい忘れ」(東もりのぶ)るわけにはいきません。酸性雨、オゾン層破壊、熱帯雨林破壊、地球温暖化、海面上昇、核廃棄といった問題は国境を越えて対策を迫ってきます。

没句の供養を

俳句の句会と川柳の句会の大きな違いは、前者は互選が多く、後者は選者による一人選（ときには複数選者による共選）が多いことです。また、俳句の出題は当季雑詠三句程度というのが多いようですが、川柳は名詞、形容詞、動詞はもとより、ときには副詞も課題として出されます。最近はカタカナ語や流行語が出されることも多くなりました。一回の句会に宿題三、四題、席題一、二題というところが多く、句数は各題二、三句で、俳句より多いのです。

選者が入選句を選び、披講（発表）すると、そこから洩れた句は没句として闇に葬られます。没句の数は年間億の数にのぼるでしょう。没句にも作者の想いが入っていますから、川柳人協会（東京）では毎年二月十一日に足立区の東岳寺で行われる花久忌という追悼句会で、お経を上げてもらい、没句の供養をしています。

一章に問答からユーモアへ

　川柳という文芸にユーモアが大事な一要素となっていることは、今日常識となっていますが、そのことは江戸中期の『誹風柳多留』二十九篇の序文に登場します。柳多留の編者として川柳の文芸的地位を確立した呉陵軒可有（あるべし）は常々「一章に問答あること」とか「たはれたるには、冊子に向うて独り笑を催し気を養うべし」と述べていたとのことです。この事実は呉陵軒の死後十年を経て、二十九篇の序文に初めて書かれています。

　「問答」には意表をつく答えが期待されていますし、また「独り笑」というところを見ると、あまりげらげら笑うような句を求めてはいなかったことが分かります。当時はユーモアという言葉は知られていませんでしたが、ここに伝えられている内容は、まさにユーモア句のことです。そして、ユーモアは愚かな弱い自分をありのままにさらす時に有効に働くものだと思います。

第6章　生きとし生けるもの

生物

Living thing

生物の威力を古代蓮に見る　竹内祝子
細菌を武器に仕立てるヒト科の愚　加藤順也
雪しきり生き物をみな黙らせる　高木道子
生き物に親子の情を教えられ　長谷川路水
水虫という厄介な同居人　穴澤良子
爬虫類ばかりを飼って人嫌い　上村健司

〈生物〉は、動物、植物の総称で栄養代謝、運動、生長、増殖などの生活現象(生命)をもつものをいい、これをもたないものを無生物とします。二十世紀は、遺伝学やDNA(デオキシリボ核酸)の研究が進みましたが、アリストテレスの体系づけ、リンネの分類学、ダーウィンの進化論、パスツールやコッホの微生物学の知識の積み重ねがあり、今世紀は生物(バイオ)が最大のテーマです。

生物②

Living thing

生きる為にこそ憎んだり愛したり　土屋　みつ

ヒトという生物界の変り種　岡村　政治

生物を何匹も飼う腹の中　木村　一路

ダーウィンも進化の果ては見通せず　林　敏和

先生が好きで生物好きになる　米島　暁子

〈選者吟〉

生物の特権として恋をする

〈生物〉は生活しているもののことです。生物、生命を意味するギリシャ語(bio)を連結するバイオケミカルなどバイオ何々という言葉が増えています。生物と気象の関係を示す生物季節線は開花日、生物の初見日などを地図上に描いた線（例えば桜前線）です。生物と水質汚染の関係を示す生物指標は、そこに住むサワガニ、カワニナなどの種類により、水質の汚濁を判定するものです。

生命

Life

現在地ナビで知りたい余命表　矢守長治朗

自分では切れぬ生命維持装置　田辺 進水

愛犬と長生き比べする余生　奥村豊太郎

脈計る指へ命の音がする　菅井 京子

一番目に大事な命つい忘れ　原 みち子

生命の神秘わずかに戸を開き　増田 幸一

〈生命〉はすべての生物の存立・維持の原動力ですが、その源や全貌はまだ十分解明されていません。オパーリンの「生命の起源」（一九三六）以来、原始地球にも有機物質の存在が実証され、またアミノ酸、たんぱく質、核酸など、生体を作っている成分物質の構造解析も進んで来ました。エネルギー、物質、情報を特徴とした世紀のあと、二十一世紀は生命の世紀という見方がなされています。

進化

Evolution

もうちょっとだったと悔やむ類人猿　澁江　昭一
尾てい骨ヒトに進化の名残あり　加藤　順也
生きものの進化はアミダくじのよう　安坂　彬
類縁を分子時計で推し測る　山下　博
ウイルスが突然進化する怖さ　白瀬美智男

〈選者吟〉
遺伝子に進化は見えず憎み合う

〈進化〉は、生物種の形や機能が長い年月をかけて簡単なものから複雑・高等なものへと変化し、また当初のものと異なる種へと分かれてきたことをいいます。ダーウィンの進化論が有名ですが、最近のDNA（デオキシリボ核酸）解析では、ヒトに近いとされるチンパンジーでも共通の遺伝子は十数％程度と言われ、共通の祖先から分かれたのは何百万年も前のことと推測されています。

細胞

Cell

細胞の機嫌で美女ができあがり　大峰　康子

細胞の挽歌と知らず吸う煙草　矢守長治朗

脳細胞使い果たしてパズル解く　赤間　列子

善玉になって細胞よみがえる　小林　道利

おだてると単細胞が踊り出す　田辺　進水

〈選者吟〉

細胞がゆっくり割れていく老後

〈細胞〉は、生物を形づくる構造的あるいは機能的な単位ですが、十六世紀末に顕微鏡が作られてから研究が進みました。細胞（ＣＥＬＬ）は、小部屋を表わすラテン語に由来し、核を持つ真核細胞と、持たない小型で構造も単純な原核細胞があり、がん細胞は形が異常で増殖力が強く恐れられています。また白血球の一種であるリンパ球など免疫機能を果たす細胞もあります。

分裂

Division

時間ばらばら家族何人いるのやら　土屋　みつ

細胞の分裂音を聞く胎児　原野　正行

たゆみない分裂受精して十月　菅井　京子

ボスが去り猿の軍団まとまらず　大島　脩平

核理論聞いて分裂する頭脳　大島　脩平

ガン治療にほしい分裂制御棒　手塚　良一

〈分裂〉は分かれること、統一のとれないことで、細胞が分かれて増える現象です。ウラン、トリウムなどの重い原子核が同程度の大きさの二個の原子核に分かれる核分裂などがあります。精神疾患の一つ統合失調（分裂病）は対人接触がぎこちなくなり、緊張型、妄想型などのパターンがみられます。また分裂病体験が文学や芸術の創造の契機となった例なども研究されています。

増殖

Multiplication

雑菌が増殖をする独り者　原野 正行

いつまでも養毛剤を諦めず　斎藤 青汀

増え過ぎも種の絶滅となる危険　後藤 育弘

増殖のメカニズム見て目が疲れ　土屋 みつ

クローンに尻尾を巻いたねずみ算　田辺 進水

恋願望脳細胞が増えはじめ　渡辺 貞勇

〈増殖〉が「もんじゅ」を連想するほど、高速増殖原型炉の事故は原子力利用の安全性に衝撃を与えました。この装置はウラン235からプルトニウムを作り、さらにウラン238全部を核分裂に利用し、ウラン資源の効率化を図るものです。

一方、がん細胞の増殖はDNAが発がん物質で傷ついたまま細胞分裂を続けるとがん化が始まるといわれています。

遺伝子 Gene

愛という名で遺伝子を旅だたす　上田野出

犯人をＤＮＡが追いつめる　井ノ口牛歩

アルコール漬けの遺伝子拒まれる　江畑哲男

親うらみ遺伝子うらむ通知票　大戸和興

遺伝子の組み換え神もあきれ果て　平野清悟

〈選者吟〉

遺伝子に逢えと言われて逢いに行く

〈遺伝子〉は染色体の中に一定の順序で配列され、生殖細胞を通じて親から子に遺伝情報を伝える因子ですが、二〇〇三年には三十億全セットのヒトゲノムが解読されました。

動植物の遺伝情報が次々に明らかにされ、その組み替えも行われ、人類に役立つ一方、まだ不測の事態の恐れも残されており、法律や宗教の面からその是非と限界が論じられています。

アレルギー Allergy

花粉症くしゃみが止まず腹を立て　荒蒔 義典

アレルギー聞いただけでもかゆくなり　田辺 進水

定年できれいに消えたアレルギー　飯野 文明

何飲めば利くの男性アレルギー　おかの蓉子

アレルギー質と履歴書には書けず　浅田扇啄坊

〈選者吟〉

横文字を見ると脳波が乱れだし

〈アレルギー〉は異物に対する過敏な免疫反応をいい、複雑な現代社会では急にその症状を訴える人がふえてきました。卵や背の青い魚を食べるとじんま疹が出るという人に加え、今は花粉症の話題がふえました。
　排気ガスや食品添加物といった人間が創り出した化学物質とアレルギーとの関係も注目されています。症状は皮膚への発疹が多いようです。

免疫

Immunity

免疫を低下させてもがん退治　中条　公陽

害虫の意地農薬に強くなる　津田　暹

ギャルたちにＢＣＧの跡がない　おかの蓉子

人類に核免疫の日が怖い　安藤　文敏

母からの輸血で麻疹軽くすみ　穴澤　良子

バイ菌にまみれ生き抜く都会人　海亀　山猿

〈免疫〉は人間や動物の体内に病原菌や毒素が入ってくると、その刺激で抗体が作られ、菌などの感染を防止する現象をいいます。種痘のような予防接種、まむしの毒に対する血清療法がありますが、母親の胎盤を通じて子供に伝わる免疫もあります。アレルギーも好ましくない一種の免疫現象です。

文芸では精神的な抗原に対する免疫も詠まれています。

本能

Instinct

子の寝顔母性本能くすぐられ　羽山　清一
本能に理性が待った掛けにくる　川村　英夫
鮭の群生まれた川を忘れない　竹村　昌子
受験期にママの本能疼き出す　勝賀瀬季彦
終電車帰巣本能取り戻し　矢守　保子

〈選者吟〉

本能がここで眠っておけという

〈本能〉は、人や動物が生まれ持ち、種によって異なる独特な様式の行動とされ、それぞれ目的に適っています。

人には自己保存のために摂食、呼吸、排せつ、睡眠、防御本能があり、種族保存のために性、求愛、哺乳本能があり、さらに適応、発達のために模倣、遊戯その他の社会的行動の本能があります。

人間が自然の欲望のまま振る舞う様を本能的と呼んでいます。

呼吸

Breathing

ひと呼吸遅れて多数決の挙手　上鈴木春枝

にわか雨森の大きな深呼吸　勝賀瀬季彦

ゆったりと正倉院が呼吸する　岡村　政治

生放送隠せぬ歌手の息づかい　東井　淳

送り手の呼吸も伝え手話ニュース　穴澤　良子

〈選者吟〉

呼気吸気人待つときを小刻みに

〈呼吸〉は鼻から空気中の酸素を吸い、咽頭、喉、気管支を通って肺に送ります。酸化還元反応によりエネルギーを獲得したのち、コースを逆にたどって二酸化炭素を排出します。空気を除去すると、器の中の小動物が死に、炎も消え、呼吸と燃焼が共通の現象を持つものと分かったのは一六六〇年でした。今、人類の呼吸に大切な環境を守ることは人類自身に課せられた課題です。

酸素

Oxygen

相手次第火にも水にもなる酸素　田辺　進水

ラッシュ時の車内で奪い合う酸素　上鈴木春枝

好きな人の前で酸素が不足する　上西　啓仁

長生きへ酸素税まで取られそう　島田　利幸

閉鎖社会に酸素ボンベが欲しくなる　武藤　綾子

混迷の会議酸素を入れ替える　竹内　祝子

〈酸素〉は、人間や多くの生物の呼吸や燃焼に不可欠な身近な元素です。空気の五分の一を占め、無色、無味、無臭、地球上に最も多く存在する気体元素です。元素記号O、原子番号8、原子量16。水素と化合して水（H_2O）、炭素と化合して炭酸ガス（CO_2）になります。オゾン（O_3）は、酸素の同素体、大気圏中のオゾン層は太陽からの有害な紫外線を吸収し生物を守ります。

受精

Fertilization

交配が進み原種が見直され　太田紀伊子

手で混ぜて筋子の受精済みました　米島暁子

一番乗り精子の頃は早かった　渡邊忠雄

僕にまで受精をせまる杉花粉　岡村政治

受粉から性教育の事始め　中条公陽

〈選者吟〉

働かぬ蜂に代わって受粉させ

〈受精〉はこの世に生を享けるものにとって、食べることと並んで大事なことです。

雌雄の生殖細胞の合一、動物では精子と卵の合体、種子植物では花粉内の雄精核と雌花胚囊内の卵細胞核の合体と定義されます。雌の体内で起こる体内受精と水中で起こる体外受精があり、人工受精は古くアラビア人が馬に対して行ったと伝えられています。

クローン Clone

御神体クローンのようにやたら分け　手塚　良一
嫌なことクローンにさせる世が来そう　東井　淳
クローンのマトン科学の味がする　長谷川路水
クローンの元祖悟空は毛を抜いて　武藤　綾子
クローンから性器が退化しはじめる　田辺　進水

〈選者吟〉
もう一人の私もやはり金がない

〈クローン〉の羊が英国で一九九七年に誕生してから、遺伝的複製動物の作製は、ヒトに関連づけて世界的反響を呼びました。人為的に一卵性双生児が作られる技術は、動植物の品種改良で行われて来ました。

高等動物の臓器をヒト化することによる医学上のメリットも考えられていますが、人間自身が生命を操作しすぎることへの未知の世界も大きく、慎重意見が支配的です。

ホルモン

Hormone

改革を旧ホルモンが許さない　岡村　政治

倦怠期ホルモン不足だと思う　米島　暁子

ホルモンと聞いて昂ぶる少年期　上田　野出

ホルモンがちょっぴりさわぐ更年期　中村　肇

フルムーンホルモン剤を隠し持ち　日野　真砂

ホルモンと共に薄れる羞恥心　片倉　忠

〈ホルモン〉は生体の内分泌腺から分泌され、体液とともに体内をめぐり、諸器官の働きを調節する化学物質です。主なものに脳下垂体、甲状腺、副腎生殖腺、黄体、腎臓ホルモンがあり、さらに雌雄の性ホルモン、昆虫の場合には変態ホルモンなどがあります。

内分泌を補うホルモン剤には天然のものと合成のものがあり、牛豚のモツ焼きをホルモンと呼ぶのは造語です。

発酵

Fermentation

発酵のしすぎすっぱい恋となる　津田　遅

ブルーチーズこわごわ食べた日の記憶　穴澤　良子

脳味噌が発酵したかにぶい音　鈴木　青古

ひらめきをちょっと寝かせてくさらせる　海亀　山猿

低温の倉ワイン樽よく眠り　平野　清悟

いいわけが発酵をしたまろやかさ　梶川　達也

〈発酵〉は糖などを微生物（酵母、細菌類）が、酸素の関与なしに分解させる現象をいい、酒、醤油、みそなどはこの作用を利用して製造されます。

　発酵の結果としてできるものの種類によりアルコール発酵、乳酸発酵などと呼ばれます。

　文芸では発酵による変化の状況に目をつけ、構想や材料をねかせたり、いろいろなものを発酵させています。

酵素

Enzyme

ＣＭの酵素は菌をけちらかし　浅田扇啄坊

パン種を酵素の機嫌みて寝かす　伊藤　直次

難題へ消化酵素が湧いてこぬ　岡村　政治

体内で酵素あれこれ七変化　荒蒔　義典

育毛に白いシーツに効く酵素　山本　義明

〈選者吟〉

究極の酵素政治を浄化する

〈酵素〉は生体の中で営まれる化学反応に、触媒として作用する有機物質です。たんぱく質でできており、酵母にもたくさん含まれています。

働きによって○○酵素と呼ばれるものは種類も多く、身近なものには、美容、健康によいとされる薬や食品があります。

ビタミン、ホルモンと同様、体内の働きを円滑にします。肝臓にはグリコーゲンや尿素の生成酵素があります。

脂肪

Fat

栄養素脂肪ばかりが目のかたき　矢守　保子

脂肪過多辿ればどこか怠惰なり　東井　淳

寒流を泳いで脂のせる鰤　おかの蓉子

すっぽりと私を抱いている脂肪　山本　義明

行革のメスも刃こぼれする脂肪　岡村　政治

〈選者吟〉

動物性脂肪に舌が持つ未練

〈脂肪〉は一般に常温で固体となる油脂をいいます。たん白質、炭水化物、無機質などと並ぶ生物に必要な栄養素です。主なエネルギー源でもあり、また、うま味のもとでもあります。細胞組織としての働きは栄養の貯蔵、保温、組織間の隙間の充填などですが、摂り過ぎるとお腹やお尻にたまります。

なお、常温で液体となる植物油、鯨油は脂肪油と呼ばれます。

菌

Bacillus

税金の片棒かつぐ麹菌　矢守長治朗

虎の子を増殖したい無菌室　小山　一湖

新薬に負けじと菌も策をねる　澁江　昭一

細菌の力を借りるエコトイレ　成島　静枝

あたたかい土雑菌を育ててる　畑中　節子

バイ菌の数をかぞえる顕微鏡　島田　利幸

〈菌〉は、きのこ、かび、酵母や病気、腐敗の原因となる微生物、バクテリアをいいます。生物の分類としては、菌や微生物はかつて植物界に分類されていましたが、今ではその形や機能によっていろいろに分けられています。人間に有害な菌は、黴菌（ばいきん）と俗称します。酵母や細菌などの微生物が有機化合物を分解する発酵を通じ、菌は酒、醤油、味噌を作る大事な役割を果たします。

菌② Bacillus

風邪だけを貰って帰る資金繰り　上村　健司

顕微鏡覗けばみんな菌に見え　大峰　康子

マイマネー滅菌室に入れてある　船津　隆司

ワクチンに兜を脱いだベロ毒素　日野　真砂

旅帰り妻には菌を調べられ　梶川　達也

〈選者吟〉

細菌とヒト寄りかかり合って生き

〈菌〉（バクテリア）は原核細胞を持つ単細胞の微生物で、他の動植物に寄生して発酵、腐敗などの作用を起こしたり、病原菌となったりします。

その形状により球菌（肺炎菌、化膿菌）、桿菌（結核菌、乳酸菌）と呼ばれ、引き起こす病気の種類で赤痢菌、コレラ菌などがあります。食塩を必要とする好塩菌、たんぱく質分解酵素を持ち、粘りのある物質を作る納豆菌など実に多様です。

爬虫類 Reptiles

今居ればイグアノドンもペットだな　井ノ口牛歩

亀の字はカメに似ていて面白い　斎藤　明生

骨だけの恐竜だから近寄れる　田辺　進水

爬虫類にもリストラの尻尾切り　山本　義明

錦蛇夢をほどいて動き出し　浅田扇啄坊

ミス爬虫類短足で胴長で　上田　野出

〈爬虫類〉は亀、蛇、鰐で知られ、皮膚は鱗に覆われています。

尾は長く、四肢は短小（蛇は退化）、冷血で、人類には嫌われ役です。

中生代に繁栄し、絶滅した恐竜については一九九三年に映画もでき、地球環境問題とともに第二次ブームになりました。絶滅の原因は隕石説が有力です。すべてが本能行動で、瞬きをしない「爬虫類の凝視」も人を恐れさせます。

昆虫

Insect

複眼で昆虫が読む敵の影　加藤　順也

デパートで税を納めるカブト虫　白浜真砂子

昆虫に戒厳令の夏休み　澁江　昭一

キリギリスの話に乗らぬ蟻の列　島田　利幸

ニアミスを巧みに避ける赤トンボ　上鈴木春枝

コンクリの川は蛍も住みにくい　矢守　保子

〈昆虫〉は、頭、胸、腹に分かれ、一対の触角と三対（六本）の脚をもつ節足動物の一種です。昆虫は、今世紀人類に残された最大の資源ともいわれます。蜂蜜を作る蜂、生糸を作るかいこ（蛾の幼虫）が有名ですが、DNA（デオキシリボ核酸）合成により人類に役立つ昆虫が作られようとしています。ファーブルの『昆虫記』は昆虫を科学的に観察した世界的名著です。

ふえてきた女性と青少年の作品

江戸中期におこった川柳は、町人だけでなく武士、旗本からの投句も集めて隆盛を見せましたが、実質的に国民各層からの参加が実現したのは、そう古いことではありません。

川柳が農村部まで広がったのは大正になってからで、女性の川柳人口が増えたのは第二次世界大戦後のことです。青少年の川柳募集を全国大会で行うようになったのは、ここ数年のことにすぎません。また、俳句で行われるようになった国際大会はまだ川柳では行われていません。川柳の外国語翻訳書はまだ数えるほどしかありません。でも、未開拓の分野が多いということは、二十一世紀には発展の余地が多いということでもあります。

人情という人類が自然に持ち合わせている共通の心を詩のテーマとし、五七五音以外に制約を持たない、意味性、伝達性の高い詩形がさらに発展する新しい時代が、二十一世紀といえましょう。

川柳発祥の立役者たち

江戸川柳人の忌日としては、初代柄井川柳の川柳忌（九月二十三日）、誹風柳多留の出版元花屋久次郎の花久忌（二月十一日）があり、それぞれ蔵前の龍宝寺と足立の東岳寺で毎年追善句会が開かれています。実は、柳多留が世に出るためにはもう一人の立役者がいました。

柄井川柳が選者として選んだたくさんの入選句の中から前句（七七音の題）がなくても分かるよい句を精選し、一部は添削もして句集にまとめた呉陵軒可有（ごりょうけんあるべし）です。

可有の菩提寺は不明ですが、命日は天明八年五月二十九日（旧暦）であり、二〇〇二年五月三日第一回の可有忌が龍宝寺で開かれました。可有は別に木綿という号も持ち、好作家として知られています。当時句会での秀句景品には木綿一反が出され、可有はよくそれを獲得したと伝えられ、また呉陵軒はご料簡つまり、許せよ、の意味からきたともいわれています。

第7章

人体－超精密メカニズム

人体

Human body

献体をして人体の再利用　　矢守長治朗

模型見て油差したくなる体　　船津　隆司

中心にありながら臍忘れられ　　穴澤　良子

よく出来た模型に照れる救護法　　田辺　進水

人体を畳んでみせるヨガ行者　　岡村　政治

〈選者吟〉

右にひとつ左にひとつ人体美

理科室の〈人体〉模型には好奇心と気味悪さが入り混じった記憶があります。魚の白子のような脳、パイプが途中まで出ている心臓、赤と青に塗り分けられた動脈と静脈がそれです。人間の解剖に関する正確な著作が出されたのは一五四三年です。原始人の想像図を見ると今の人体とは大部違いますが、何万年か後の人体は情報関連部位が肥大化し、筋肉や足は退化するという説もあります。

神経
Nerve

神経の太さ知性に反比例　東井　淳
神経の届く範囲の仲間たち　山本　義明
ＩＣは利発されども無神経　日野　真砂
神経はまだ生きている活き造り　穴澤　良子
ひとりっ子神経質に育てられ　斎藤　明生

〈選者吟〉
神経を逆撫でにして気がつかず

〈神経〉は、動物の体の内外の環境情報を各部に伝える器官です。人の体には、頭から足まで無数の神経（繊維の束）が通っており、脳と脊髄からなる中枢神経と全身に広がる末梢神経があります。

一つ一つの神経細胞には、樹の枝のような突起が出ています。運動神経、知覚神経、自律神経に分けられ、また不安、過労、葛藤、抑圧などを原因とする神経症は胃腸、心臓、神経系などに現れます。

神経②

Nerve

現代人の神経休むひまがなし　松　裕子

程々の神経を持ち丸く生き　田辺　進水

神経も成長をして人見知り　大島　脩平

太い細いの神経うまく使い分け　米島　暁子

神経戦三日無言の行続く　矢守　保子

適当な隅で神経病んでいる　中原　操雪

〈神経〉は動物の知覚や運動を司るひも状の器官で情報通信網に例えられます。ストレスの多い現代は、神経症の時代ともいわれ、何かの引き金に出合うと「キレ」たりして発症します。自我形成が未熟で不安定な人に起きやすく、近年多発している少年の事件はその一つともいわれます。

神経症が創作活動に結びつくと漱石や山頭火のように優れた作品を産むという仮説もあります。

神経③

Nerve

神経がほころんでくる誉め言葉　岡村　政治

セクハラと言われて気付く無神経　小山　一湖

抗菌グッズ売れる神経質な街　平野こず枝

神経がしゃしゃり出て来る歯の治療　今岡　久美

神経が高ぶっているハネムーン　島田　利幸

〈選者吟〉

神経の格付け細い太い無い

五感

Senses

嗅覚に五感集めて麻薬犬　増田　幸一

熱帯夜五感はすでに死んでいる　竹内　祝子

大ジョッキ五感一気に沁みわたり　穴澤　良子

五感より第六感がよく当たり　梶川　達也

手術室白衣にふるえ出す五感　奥村豊太郎

蓮の花開く五感を研ぎ澄まし　平塚すゝむ

〈五感〉は、視、聴、嗅、味、触の感覚ですが、感覚の総称でもあります。機械の多くは、人間の五感を補いあるいはより強力にするために考案され、ロボットや音、光、温度、圧力などのセンサーとして実用化されています。

　五感は、刺激に対して常に一定とは限らず、同じ刺激が続くと感覚器官が麻痺することもあります。理屈でなく、鋭く物事の本質をつかむ心の動きを第六感といいます。

反応

Reaction

試薬たらたらと反応待つシャーレ　小山　一湖

ひと言にピリピリしてる反抗期　野田　栄

臓器移植拒否反応をなだめつつ　島田　利幸

ビビビッと反応すればゴールイン　山口　指月

パブロフの反応も見て子を育て　寺田　治文

反応の鈍い男に言えぬ洒落　長谷川路水

〈反応〉は、ある働きかけや刺激に応じて起こる結果的な現象や状況をいいます。化学反応、核反応など大小いろいろな反応があり、人間の生死を確認するための生活反応（瞳孔反射、脈拍、心音、呼吸に、近年脳死がクローズアップ）、犯罪捜査で傷が生存中のものかどうかを調べる出血、炎症性反応（生体反応）もあります。人の受け答えを早い、鈍いと表現するのも反応の速度といえましょう。

脳

Brain

脳広げ虫干ししたくなる陽気　　延沢　好子

若者に洗脳される街おこし　　長谷川路水

判定の脳死に脳が承知せず　　西山隆志郎

忘れたいことば忘れてくれぬ脳　　今岡　久美

空っぽの脳へ拳骨よく響き　　船津　隆司

大脳の重さを猿と比べられ　　上鈴木春枝

〈脳〉は中枢神経の主要部で頭蓋腔中にあり、薄紅をさした灰白色をしています。重さ約一三〇〇㌘、一般に脳といえば大脳を指し、人の意識活動の中心です。他に間脳、中脳、小脳、橋、延髄があります。頭の働きも脳と呼び、コンピュータは計算機器の名称ですが、中国では電脳と翻訳されています。

草木のしん（例、樟脳）や重要な人物（例、首脳）にも用いられます。

脳死

Brain death

脳死した母のお腹で子が生きる　飯野　文明

脳死時の内臓寄附を言い遺す　梶川　達也

脳死後の角膜で見る別世界　上田　野出

脳はまだ生きてますかと医者に問い　北田　正弘

脳死では三途の川は渡れない　荒蒔　義典

ご臨終医者は脈より脳波見る　井ノ口牛歩

〈脳死〉は人の死を診断する新しい概念で、新鮮な臓器を移植する必要から社会問題となり、一九九七年の臓器移植法の成立以後は臓器提供の意思ある場合に限り死と認められています。脳死の基準には、①深い昏睡、②呼吸停止、③瞳孔拡大、④脳幹の反射なし、⑤脳波の平坦化などがあげられており、脳の機能が失われ、回復が不能と認められる状態で脳死と判定されます。

記憶

Memory

大脳の溝あざやかに君が居る　おかの蓉子

新素材肌の温みを記憶する　岡村　政治

形状記憶おぼろに残る妻の胸　田辺　進水

記憶にはあるが名前が出て来ない　矢守長治朗

ヒトナミニオゴレ記憶は衰えず　伊藤　直次

〈選者吟〉

大方は忘れるために記憶する

〈記憶〉は生物の脳によるほか電算機の記憶装置、磁気テープ、ディスクなどの外部記憶装置によっても行われます。記憶容量の単位には文字数、ビット、バイトがあります。

　無意味な綴りの棒暗記よりも、事柄を言語に置き換える論理的記憶の方が多くのことを早く学び、長く記憶できます。

　リズムを持つ詩や格言、標語は人に記憶されやすいと言われます。

睡眠 Sleep

子育てへ欲得抜きで眠りたい　穴澤　良子
レム睡眠どっこい脳は生きている　東井　淳
社と電車ではよく眠る不眠症　安藤　文敏
熟睡の妻突ついても無反応　梶川　達也
家中を寝不足にして子の受験　米島　暁子
冴える目に眠り薬がありがたい　高木　道子

〈睡眠〉の間は脳と身体の活動が低下して休息と蓄積が行われます。

　普通は、徐波睡眠が約一〇〇分（心拍数が減り、血圧が下がる）、逆説睡眠（レム睡眠。眼球が起きている時のように動き、夢を見やすい）約二十分を一晩に三〜五回繰り返します。

　夜型の人には睡眠・覚醒のリズム障害が増え、これを相手に快眠グッズ、仮眠用貸室が商売になっています。

睡眠② Sleep

いくらでも睡眠できるのも若さ　上西　啓仁
阿弥陀様ライトアップで不眠症　矢守長治朗
熟睡の犬嗅覚は起きている　日野　真砂
失敗を一夜の眠り消してくれ　君成田良直
顔の無い戦士が眠る終電車　竹内　祝子
患わしい事には脳も仮眠とる　野田　栄

〈睡眠〉は、むずかしくいうと、内的原因によって周期的におこり、外界との接触の減退、意識の喪失を伴う状態です（広辞苑）。人生の三分の一は睡眠ですからおろそかにできません。眠っている間にテープを繰り返し聴く睡眠学習もあります。

　睡眠薬に用いられるバルビツル酸塩はドイツの化学者バイアーが一八六三年に発見、女友達バーバラの名をとって名づけられました。

内臓
Internal organs

肝臓と妻に内緒の酒を酌む　大島　脩平

心肝脾肺腎達者脳疲労　荒蒔　義典

あてこすり五臓六腑に突き刺さる　矢守　保子

内臓の数だけ病気する夫　安藤　文敏

内臓にストレスという針の穴　岡村　政治

〈選者吟〉

内臓の不調を告げる爪の色

〈内臓〉は動物の体腔内にある器官の総称で呼吸器（気管支、肺）、消化器（食道、肝臓、胃腸）、泌尿器（腎臓、膀胱）、循環器（心臓、血管）などがあります。

肝臓、心臓、肺、腎臓が機能を失った場合の人工臓器の研究が急速に進んでいる一方、需要が増えている臓器移植については提供者（ドナー）の脳死判定を巡る倫理問題も起きています。

心臓 Heart

サラサラの血は心臓の晴れ姿　日野 真砂

停電に弱い心臓持つ都会　平野こず枝

心音へ胎児の性を聞きたがる　上鈴木春枝

チャットでは僕のハートが伝わらぬ　上西 啓仁

心臓の音も拾ってインタビュー　笹島 一江

心臓移植人生論を書き替える　竹内 祝子

〈心臓〉は血液の循環作用を営む中枢器官でポンプの役目をしています。心室と心房が二つずつあり、全身に血を送り出す大動脈や受け入れる大静脈につながっています。重さは成人で二〇〇～三〇〇グラム、ハート型をしています。英語のハートは、感情や人情のある場所として見られており、恋や愛の感情はハートに由来することになっています。物事の中心を心臓部とも呼びます。

血液

Blood

血液の公害も出てきたエイズ　細田　章子

献血を誰に使うか知りたがり　梶川　達也

赤い血をみんな持ってる肌の色　井ノ口牛歩

血糖値味覚の秋へ目をつぶり　久野　紀子

諦めた命を輸血から拾い　北田　正弘

〈選者吟〉

血の赤さ若い者には負けられぬ

〈血液〉は動物の血管の中を循環し、酸素、栄養分、ホルモンなどを運んだり、逆に二酸化炭素や老廃物を運び出したり、体温、塩分を調節する大事な役目をしています。

血液型は血球と血清の凝集反応によりＡＢＯ型、Ｒｈ式などに分類されます。

文学的には、肉親とのつながり、性格のよし悪し、情熱の有無などに比喩的に用いられます。

心理

Psychology

コメントがその気にさせるマスメディア　穴澤　良子
スライドの暗がりならば喋る技師　竹内　紫錆
何食わぬ顔が引きつるフルハウス　今岡　久美
イチキュッパ心理を読んだ値をつける　上村　健司
心理学習う途中で気が滅入り　長谷川路水
開けゴマ白紙のこころなんぞない　大田かつら

〈心理〉は心の動き、精神の状態をいいます。アリストテレスは身体のいとなみを通して霊魂の本質を明らかにする学問として心理学を追求しましたが、現代の心理学は動物の行動や知覚、記憶、感情、思考、意志など、さまざまな実験から人の心を解き明かそうとしています。一方、複雑な現代社会ではテクノストレス、心身症、いじめ、自己チュー、引きこもりなどが登場しています。

ストレス
Stress

ストレスがたまりにたまる低金利　日野　真砂

パソコンの謀叛ストレス加速する　白浜真砂子

三食昼寝つきでもストレスは溜まる　米島　暁子

冷房にストレスが増す五十肩　大島　脩平

ストレスに先を越された締切日　菅井　京子

〈選者吟〉
ストレスをバネに入試をくぐり抜け

〈ストレス〉は外部刺激や精神的緊張によって体内に一種の負荷がかかっていることです。

仕事や人間関係でのいやなことが過度のストレスになると、体内でこれを管理できなくなり、障害が起こります。

パソコン、ワープロなどによる急速なOA化で、中高年サラリーマンがテクノストレスの症状を訴える例もふえていいます。発音の強勢もストレスです。

感染

Infection

157に負けるものかとサルモネラ　白浜真砂子

前列のあくび教室ひとめぐり　土屋　みつ

除菌ガム口づけとなる予感あり　後藤　育弘

抗生物質薬と菌の化かし合い　東井　淳

大好きな人がうつした軽い風邪　勝賀瀬季彦

〈選者吟〉

笑い移す人に涙も移される

〈感染〉は病原体が体内に侵入、伝染することです。コレラ、チフス、天然痘などかって猛威を振るった感染病原に非加熱血液製剤によるエイズ感染、病原性大腸菌O－157による集団感染、SARSなどが加わりました。病院から出る注射針や摘出臓器などは、感染性廃棄物として管理責任が厳しくなっています。文学的表現では、他からの影響に染まることを感染と表現しています。

エイズ　AIDS

エイズ禍に立ち向かいつつ献血す　松島　秀夫

潜伏期エイズにも似たスキャンダル　岡村　政治

僕のエイズもミドリ十字のせいにしよ　江畑　哲男

キスだけでエイズになれば皆エイズ　大島　脩平

免疫のちからエイズで思い知る　木村　一路

〈選者吟〉

満員車エイズの記事が脳よぎる

〈エイズ〉（後天性免疫不全症候群）はヒト免疫不全ウイルス（HIV）感染によって起きます。免疫機能が低下するため、各種病原体に対する抵抗力が失われます。

感染は血液、精液、母乳などを通じて起き、発症すると死亡率は十～三十％に及ぶといわれます。発症を予防したり遅らせるワクチンなども開発されていますが、麻薬や不純な性行為を避けることが肝要とされます。

ウィルス Virus

ウイルスがなにごともなく成田抜け　上田　野出
毒をもって毒ウイルスに通じない　おかの蓉子
細胞に宿借りウイルス角を出し　日野　真砂
対岸の火事が身近になるエイズ　山本　義明
新薬に負けずウイルス型を変え　中条　公陽

〈選者吟〉
ウイルスを憎めば笑う愉快犯

〈ウイルス〉は十九世紀末に細菌濾過器を通過する微細な病原体として発見されました。生物に寄生して増殖し、生物の遺伝子と同じような働きをします。

はしか、日本脳炎、インフルエンザのウイルスがよく知られていましたが、八十年代後半からはエイズが、二十一世紀に入ってからはSARS、鳥インフルエンザウイルスが大きな不安となっています。

がん
Cancer

癌保険のパンフが心揺さぶる日　久野　紀子
マイタケの貌が癌にも効きそうな　日野　真砂
癌告知夫婦そろって呼び出され　小林　道利
五年過ぎ十年安堵させる癌　成島　静枝
皮膚癌が脳をかすめる紫外線　澁江　昭一
髪抜ける抗癌剤を躊躇する　木村　一路

〈癌〉は、表皮、粘膜、腺組織などにできる悪性のはれもので、英語のCANCERはラテン語の蟹（カニ）から来ています。甲羅のように固い塊の悪性腫瘍で痛みがひどいという語彙です。発癌原因は、タバコ、強い酒、環境発癌物質、ピロリ菌、ウイルス、遺伝子など。治療は、手術がもっとも確実で七割、化学療法が二割、放射線療法（X線、陽子線、重粒子線など）が一割強といわれます。

真実追求の目が「うがち」

俳句と川柳は、五七五音で成り立っていますが、作品の構造も句会の方法も両者にはかなりの違いがあります。俳句は主として自然をテーマに切レと季語を持ち、文語表現を原則とし、川柳は人間をテーマとして穿（うが）ち）や抒情を要素とし、口語表現を原則とします。穿ちは、皮肉や詮索という意味もありますが、川柳用語としての意味は「実体的真実の追求」、表面的には隠されているほんとのほんとを描写しようとするものです。

句会も、俳句は無署名、互選、相互批評を原則とします（坪内稔典著「俳句のユーモア」講談社選書）。川柳は句を無署名で投句する点は俳句と同じですが、選句は通常ひとつの課題につき一人の選者が選び、入選句を披講（発表）するのが原則となっています。同一句を複数の選者が選ぶ共選もたまに行われますが、互選のマイナス面同様に個性のある秀句が没にされる可能性が少なくないといわれます。

ジュニア川柳の作品集

江戸時代男文芸としてスタートした川柳は、戦後女性の参加が急増し、今日女性が主宰する柳社も女性のほうが多い句会も珍しくなくなりました。同様の傾向は、老若の関係でも壁がなくなろうとしています。成人・高齢者が中心の川柳では、最近まで小中学生が句を作ることはあまりなく、むしろ俳句のほうが小林一茶祭りで小中学生の句を募集したり、教科書でも有名な句が取り上げられてきました。

しかし、近年国民文化祭では小中学生の川柳が募集され、学校の授業でも川柳を取り上げる地域が増え、子供らしい感性豊かな作品が寄せられるようになりました。全日本川柳協会では、平成十六年三月にこれら青少年の優秀句を集めて『ジュニア川柳作品集』(三十二頁の冊子)を刊行しました。ご希望の学校や教育機関などに配布されています。(申し込み先＝電話06–6352–2210、ファックス06–6352–2433、Eメールosakasen@f2. dion. ne. jp)

第8章　万物は調和に向けて

時間

Time

それぞれの刻を差し出すボランティア　おかの蓉子

持ち時間わからないまま生きている　木村　一路

マイナスの時間求める物理学　小塚　伸雄

惜しみなく母は時間を子に注ぎ　穴澤　良子

悠久の時間と生きる定年後　梶川　達也

〈選者吟〉

タイムイズマネータイムはもて余し

〈時間〉は時の流れの長さをいい、その中にある一点を時刻と呼びます。空間が上下、前後、左右にわたる無限の広がりをいうのに対し、時間は過去、現在、未来にわたる永遠の流れをいい、ともに人間の認識の基礎をなしています。

SFの世界では、現在から過去や未来へのタイム・トラベルができますが、現実の世界では、時間の後戻り、早回しはできません。

無限

Infinity

正と負の無限が先で一致する　東井　淳

有限はそのまま無限なりと禅　木村　一路

無尽蔵と言われた石油底が見え　島田　利幸

どうしての先もどうして子の世界　穴澤　良子

愛無限などと歯の浮くような嘘　平塚すゝむ

メビウスの終わりも見えて来た不況　寺田　治文

〈無限〉は数、量、距離、程度などに限りが無いことで、数学や観念の世界ではあり得ますが、科学の進歩とともに現実の世界では不可能となりつつあります。宇宙が有限か無限かについては、古来、著名な哲学者、科学者の論争があり、十七世紀に太陽が一個の恒星であるとしたブルーノ以来、無限論が有力でしたが、二十世紀にアインシュタインは一般相対性理論から有限ととなえました。

空間
Space

非ユークリッドの世界が見える安メガネ　木村一路

収納空間入れては出して衣更え　中本義信

寝るすきまだけ空けておく兎小屋　菅井京子

空間を駆ける忍者かニュートリノ　澁江昭一

パソコンゲームの疑似空間にはまり込む　小山一湖

空間を残して帰る貴賓席　原野正行

〈空間〉は時間とともに物体界を成立させる基礎形式というのが大枠の定義ですが、時代により、学問分野により、さまざまな見方がなされます。

　宗教では人間の扱う領域を離れたもの、数学では点の集合と見ます。宇宙論では古くは球状の有限な宇宙空間としたり、また、芸術では表現の場とされたりしています。

空間を一元的に説明することはお手上げです。

真空 Vacuum

お供えの真空パック年を越し　土屋　みつ

いさかいの真空地帯トイレット　伊藤　直次

今日をひとり真空の部屋へと帰る　久野　明子

真空地帯です君といる四畳半　上鈴木春枝

保存食塩加減から真空へ　穴澤　良子

〈選者吟〉

風景画の中をバキュームカーが行く

〈真空〉は空気その他の物質のない空間、あるいは大気よりも圧力の低い空間をいいます。応用技術には超高真空状態で行う半導体製造プロセスや家庭にも普及している真空パック料理などがあります。ラジオの真空管は、ブラウン管を除いて一九七九年には製造停止となりました。本下水の整備されていない地域には欠かせぬバキュームカー(和製英語)は真空ポンプの応用です。

気体

Gas

ガス室に入ったような喫煙車　田辺進水

倦怠期空気になっている二人　鈴木青古

月に棲む話空気がばか高い　日野真砂

ガスもまたロマンのひとつ港町　荒蒔義典

ため息も吐息も酸素あればこそ　片倉忠

軽量級重量級とある気体　井ノ口牛歩

〈気体〉はガス。自由に流動し、圧力によって形を変える性質をもっています。

空気より軽いガスを利用する気球、カロリーの高い燃料ガス、兵器に使う毒ガスなど人工的に作られる気体もいろいろです。

大気は地球を取り巻く気体で、窒素、酸素、水素、アルゴン、炭酸ガス、オゾン、ネオン、ヘリウム、水蒸気などからなります。大切にしたいものです。

気体② Gas

ガス代の高い安いも彼岸まで　日野　真砂

気の抜けたビールを飲ます倦怠期　菅井　京子

仙人の吐息は長い春霞　白浜真砂子

文明の利器が大気を汚染する　矢守　保子

禁煙のタクシーが撒く排気ガス　安藤　文敏

〈選者吟〉

個体から気体へ恋が愛となる

〈気体〉の特色には①一定の形と体積をもたない、②自由に流動する、③圧力と温度により、体積が変化する（すべての物質は高温、低圧で気体になる）、④固体や液体に比べて密度が小さい、などがあります。液体で運び、毒ガスとして利用したオウム教団のサリン事件は記憶に新しいところ。

生物が外界から酸素を取り入れ、炭酸ガスを放出する外呼吸を気体（ガス）交換といいます。

泡

Bubble

特許出願一歩遅れて水の泡　小山一湖

割れ物に必須発泡スチロール　後藤育弘

派手に皆飲んでしまったあぶく銭　菅井京子

ネオン塔ビールの泡を派手に見せ　斎藤青汀

地ビールの泡に個性を賞味する　白浜真砂子

〈選者吟〉

バブルガム弾け子ばなれ親ばなれ

〈泡〉は、もともと液体中の気泡ですが、はかなく消えやすいものにたとえられます。

英語のバブルは、カネ余りによる株、土地の高騰から一転して長期不況の続く日本経済をバブル崩壊と呼び慣わし、すっかり定着しました。

シャボン玉、発泡スチロールなど身近なものから、泡の性状を利用したバブルメモリー（電子記憶装置）などもあります。

泡②

Bubble

シャンプーの泡の中から詩が生まれ　桑田ゆきの

プツプツと値上げをぼやく発泡酒　白浜真砂子

口角の泡は世情の恨み節　日野　真砂

シャボン玉明日への夢が揺れている　上西　啓仁

税金分泡もきれいに飲むビール　出口セツ子

朝シャンの泡と流した二日酔い　上村　健司

〈泡〉は、液体またはガラスなどの透明な固体が気体を含んでできた小さい玉状のものをいいます。

消えやすいところから平家物語で「うたかた」と表現されているように、人生のむなしさ、うつろいやすさなどにも用いられています。

口角沫を飛ばすは激論の形容に、泡を食うは驚きあわてるさまをうまく言い表しています。

方向

Direction

カーナビの代わりにもなる筑波山　大島　脩平

北極星見つけてほっとする漁師　澁江　昭一

鮭の稚魚腹にナビゲーターを持ち　増田　幸一

星を見て旅した人にあこがれる　梶川　達也

助手席の方向音痴寝てなさい　武藤　綾子

〈選者吟〉

あさってという方向に吉があり

〈方向〉は進んで行く向きや方角、目的、方針などをいいます。動植物は、本能的に方向感覚を備えているものが少なくありませんが、人間は磁石盤（コンパス）の助けにより方向を知り、方向舵により目指す方向に向かい、方向指示器で人に知らせます。電波の来る方向をさぐるためには、方向探知機が用いられます。

方向と大きさをあわせもつ量、力、速度は、ベクトルといいます。

逆 Contrary

逆トンボ返りゴールが小気味良い　日野　真砂
犯人の足止めをする逆探知　澁江　昭一
逆上がり地球の裏が見えてくる　桑田ゆきの
逆算の癖長生きをする家系　穴澤　良子
まっ黒な顔逆光がうらめしい　矢守　保子
〈選者吟〉
パラドクス正義と神が背を向ける

〈逆〉は物事の順序や進行の方向が反対になることで、順や正の反対語として用いられます。

　終わりのほうから前へ数える逆算、その数に掛け合わせると1になる逆数、普通の流れと反対の方向に行く逆流・逆風、真理と反対なことを言っているようで、一種の真理を言い表わしている逆説、予想した効果と反対の結果になる逆効果、物事を反対の目的に利用する逆用などがあります。

放射

Radiation

フェロモンの放射で図る種の保存　伊藤　直次

レントゲン技師を悩ますDカップ　上村　健司

放射状に罠をはってるくもの糸　島田　利幸

仏像のおなかを覗く放射線　矢守長治朗

放射状にこころを配る母の愛　穴澤　良子

〈選者吟〉

凱旋門を背に放射するヒト車輪

〈放射〉は一点から四方八方に放出すること、熱や光が一方から他の離れた物体に直接達することです。不安定な原子核はα線、β線を出して他の元素に変化したり、γ線（X線より波長の短い電磁波）を出して安定的な元素になろうとしますが、こうした放射線を出す性質を放射能といいます。核実験は論外ですが、原子力発電でも放射能の負の面が記事になることがあります。

拡散

Diffusion

リストラのうわさ広がり首すくむ　中山　喜博

排気ガス素知らぬ顔で宙に撒き　長谷川路水

不拡散よりも廃絶したい核　出口セツ子

フェロモンを振りまくような人気とり　梶川　達也

植えもせぬ雑草だけが伸びてくる　藤井　郁代

〈選者吟〉

池に石波紋が孤独愉します

〈拡散〉は、広がり散ることですが、軍事用語として核拡散、大量破壊兵器の拡散防止というような使用例がよく見られます。地下の目標物攻撃や運搬手段としてのミサイル防衛が拡散防止の中核技術とされます。

　気体や液体で二つの物体がだんだんと混ざり、全体が等質となっていく現象のことも拡散といいます。物体だけでなく不景気や噂の拡散にも使われています。

速度

Speed

追い越しも渋滞もない蟻の列　手塚 良一

音速と光速を知る遠花火　今岡 久美

F1を追う目の玉が疲れ果て　長谷川路水

古里の速度で進む古時計　岡村 政治

高速路降りても残る速度感　小山 一湖

〈選者吟〉

離婚説そろそろ愛の半減期

〈速度〉は光、音、物体などの進む早さ。速度概念の研究は十四世紀から行われ、速度は時間の関数、通過距離はその時間の二乗に比例する、などの法則が見つかりました。ガリレオの速度、加速度の実験は有名です。

オリンピックの公認標語の第一語は「より速く」で、人類はスポーツにおける速度の記録を次々に更新してきましたが、百㍍九秒を切ることはまだ至難とされています。

速度② Speed

高速で時速十五の里帰り　松原紫穂

カタツムリシャトルに乗って加速する　木村一路

百分の一で金銀銅の壁　君成田良直

軍配はスロービデオを当てにせず　上鈴木春枝

超微速開花の素顔撮るカメラ　増田幸一

速達を開いて見れば請求書　細貝芳二

〈速度〉は、単位により時速、秒速などで表されます。測定技術の進歩により光や放射線などさまざまな速度が計測されており、コンピューターの演算速度の単位としてはナノ（十億分の一）秒が用いられています。火星接近で身近になった天文単位の一光年は、真空中を光が一年間に進む距離をいい、また音楽演奏の速度を示すイタリア語のアンダンテは歩く速さと決められています。

惰性

Inertia

慣性の法則でいくビリヤード　菅井　京子

溶岩流の惰性で長い日本地図　竹内　紫錆

梯子酒日付変更線を越え　増田　幸一

パラサイトこのぬるま湯が心地よい　竹内　祝子

定年の朝まだ足が靴へ向く　白浜真砂子

〈選者吟〉

補助金も三日貰うとやめられぬ

〈惰性〉は慣性ともいい、デカルトは静止、あるいは等速度運動をしている物体が、外からの力が作用しない限り、そのまま静止状態、あるいは等速運動を続けようという性質をもっているとして、これを自然の第一法則と呼びました。今までの癖や習慣、勢いでだらだらと物事を続け、発展や自覚のないこと、タバコや麻薬を止められないのも惰性の状況です。

超

Exceed

超音波胎児の性もたちどころ　矢守　保子
結論は捨てるに限る超整理　木村　一路
超合金製ロボットの身の軽さ　君成田良直
超特急はやてが運ぶ共通語　加藤　順也
超電導磁石に浮かれ出す列車　山下　博
天体をさぐるすばるは超弩級　澁江　昭一

〈超〉には、限度をこえる、かけ離れる、とび抜けているなどの意があり、超特急、超現実、超音波、超電導、超LSI、超能力などがあります。超合金は摂氏七百度以上の高温に耐えられる合金です。

二〇〇三年二月、米スペースシャトル・コロンビアの不幸な事故がありましたが、超先端の複合材料を用いた航空宇宙開発でもなお人知の及ばないことが起こります。

超②

Exceed

以上は含み超は含まぬと学び　田中　幹啓

超のつく流行語に超腹が立つ　上村　健司

超電導で世に広げたい愛の磁場　後藤　育弘

恐怖とロマン超新星に魅せられる　伊藤　直次

超高層ビルが邪魔する富士見坂　長谷川路水

超ミニも慣れてしまえば太い足　山崎　泰子

静止

Stillness

イチローの目に静止する一〇〇マイル　田辺進水

石棺の中に静止をする古代　矢守長治朗

春休みのんびり過ごす静止核　澁江昭一

静止するコマ反転の意地をもち　山下博

衛星ギッシリ静止軌道に詰め込まれ　木村一路

〈選者吟〉

どっこいしょ静止摩擦を振り切って

〈静止〉は、とどまって動かぬこと。出生数と死亡数が同じくらいになるときを静止人口といいます。地球の自転と同じ角速度で回る人工衛星は、地上から見ると静止しているように見えるので静止衛星、その軌道は静止軌道です。静止衛星は人工衛星の数の一割あり、通信、放送、気象などに利用されています。静止物体を動かすときに反対方向にかかる抵抗を静止摩擦といいます。

停止

Stop

物忘れ一時停止と思いたい　野田　栄

台風がライフラインを止めに来る　加藤　順也

VIP乗せてぴったり停まる位置　矢守長治朗

綱取りの勝負はしばしビデオ止め　畑中　節子

停止線守って暮らす嫁姑　小栢　幹子

〈選者吟〉

発想の転換をする行き止まり

〈停止〉は動いている状態が中途でとどまること、一時的に差し止めたり禁止することをいいます。学校の停学や公務員の停職は、罰則や懲戒処分のひとつです。送電が止まるのは停電、乗物がとまる停車場、停留場は、最近バス停とか駅と略称されることが多くなりました。

一定の年齢になったら退職することを定めた停年も定年と書くようになりました。

純粋

Purity

混血も純血も血はみな赤い　宮内　可静
蒸留水澄むだけ澄んで味気無い　梶川　達也
9の字がいくつも並び純度増す　伊藤　直次
雑草の純粋プラス強さ買う　矢守　保子
純粋のバカになかなかなり切れぬ　木村　一路

〈選者吟〉
純粋という麗しき石頭

〈純粋〉は混じりけのないことで、自然の状態では存在しないものとされています。病原体の観察のための純粋培養が比喩的に人に使われる時は、抵抗力がないとか、不安定といった、むしろマイナスのイメージに用いられます。

　物質を純粋の状態に近づけようとするほど、仕事や費用の効率が下がり、純粋を維持するためにもコストが必要になります。

透明
Transparent

血税の先にナビゲーションをつけ　延沢　好子
透明のフロンが壊すオゾン層　加藤　順也
透明な川をトンボは忘れない　田辺　進水
透明にすると旨みが薄くなり　君成田良直
透明人間に子どもの夢があり　矢守長治朗

〈選者吟〉
透明なだけの世界はつまらない

〈透明〉は透きとおっていること、物体が光を通すことをいいます。透明度は湖や海の水が透き通って見える深度をいい、摩周湖、田沢湖が一位、二位を競っています。

　政治や行政の透明性、情報公開に対する国民の要求は年々高まり、大臣や議員の資産公開もその一つです。制度の実効のために第三者機関、オンブズを導入し、透明性確保に当たることも行われるようになりました。

透明②

Transparent

プライバシー無視して透けるゴミ袋　上西　啓仁
若さとは皮膚の透明度の違い　矢守　保子
シラウオは脊椎の数まで見せる　島田　利幸
食材がラップの中で待つ出番　長谷川路水
水浄化作戦魚影見えはじめ　君成田良直
沖縄のとりこにさせる澄んだ海　大田かつら

水、ガラス、空気など、光線をよく通す物体を〈透明〉といいます。海や湖水の透明度は、以前は直径三十センチの白い円板などを水中に沈めて見えなくなる深さを尺度としていました。

　ガラスは紀元前二千年以上前にメソポタミヤ（イラク）で作られましたが、透明なガラスの技術は新バビロニア時代（前六世紀）からです。政治の透明度は情報公開の有無で評価されます。

重量

Weight

景気指標ダンプがうなる過積載　白浜真砂子

客の目へおまけを入れる台秤　竹村　昌子

無重力ぎっくり腰の無い世界　服部洋司良

公約の重みで椅子が潰れそう　矢守長治朗

体重も歳も内輪に母の見栄　戸塚　博子

カラットの重みで彼の愛計る　勝賀瀬季彦

〈重量〉は重さ、目方ですが、物理学では物体に働く重力の大きさ、質量と重力加速度との積などと説明されています。

スポーツでは、相撲を除く格闘技で重量制が採られているものが少なくなく、プロボクシングはストロー級四十七・六キロ以下、ヘビー級八十六キロ超で、その間が十四の重量別階級に分かれています。重量上げは上げる重さを競います。

関係 Relation

出会い系サイトで拾う恋もどき　平野こず枝
タバコの火さえも気になる温暖化　手塚　良一
関係がなくても何か知りたがり　小栢　幹子
他人の子吾関せずと親のエゴ　矢守長治朗
夫婦でも別性死ねば墓も別　大峰　泰子

〈選者吟〉
関係を発見震え止まらない

〈関係〉は、あることが他のことと互いにかかわり合ったり、影響を与えること。二つ以上のものの間柄をいいます。

森羅万象関係のないものはない、といえるほど人間関係を始め、男女、夫婦、親子、職場の上下、信頼関係、対立関係、国際関係、友好関係などさまざまです。関係筋や関係方面というようなぼかし言葉にも用いられます。世が複雑になれば当然関係は多様化します。

闘病体験を川柳に

二〇〇三年七月に胃がんの摘出手術を受けましたが、回復に向かうと病床にいても川柳を作ったり、川柳書を読んだりしていましたので退屈することはありませんでした。むしろ、川柳に集中することによって病気の辛さを忘れ、回復を早めたのではないかと思っています。

マスコミでは、川柳というと政治や社会を風刺したり笑いのめすものと決め込んでいる面がありますが、現代川柳では自分自身の境遇や思いを五七五で述べる方が多いのです。自分の病状や闘病生活を述べるには、口語で季語、切れ字不要という詩型の川柳は最適だと思います。病床での句もユーモアの視点は忘れず、作品は句集として出版しました。

採血採尿涙は誰も採りに来ぬ　乱魚

いのちとの綱引き癌を制したり　〃

麻酔から醒めてまぶしいチアガール　〃

戦後を記す現代川柳句集

　現代川柳も戦後半世紀を経てようやく歴史を刻む句集が出版されるようになりました。東京では、大正九（一九二〇）年に創刊された「きやり」誌で最近二十六年間に発表された三〇三八課題、九一〇四句の高点句集「現代川柳類題辞典」が刊行されました。

　昭和二十二（一九四七）年に東京在住の川柳人によって創立された川柳人協会も毎年十一月に催す文化祭川柳大会の高点句三十六年分を「川柳人協会史蒼い群像」として刊行しました。

　大阪では、大正二（一九一三）年に創刊された「番傘」誌が二十年ごとに類題別一万句集を刊行しています。平成十五年秋には、番傘川柳本社の創立九十五周年記念大会を開き「新・類題別番傘川柳一万句集」を出版しました。類題別は、俳句の季題に対比される人間の喜怒哀楽、生老病死の分類で、そこには様々な人間像が描かれています。

第9章　さまざまな運動

摩擦

Friction

健康法乾布摩擦は安上がり　梶川　達也
ブレーキの悲鳴を聞いた事故現場　井ノ口牛歩
縄文の火を摩擦から創り出し　久野　紀子
やすり研ぐ火花がえがく花模様　荒蒔　義典
断絶の親子の間の摩擦熱　中原　操雪

〈選者吟〉
摩擦なき怖さを雪の道で知り

〈摩擦〉は接触している二つの物体が運動するさいに、その運動を妨げようとする方向に力の働く現象をいいます。

空気や水の間でも摩擦はありますし、もし人間の呼吸器官に摩擦がなかったら、今のような言葉を話すこともできないでしょう。新聞に登場する摩擦は人と人との考えの違いや国と国との貿易摩擦、文化摩擦として使われます。

滑る Slip

地滑りの不安は言わぬ分譲地　上鈴木春枝
滑るように時が流れる風の盆　田辺　進水
スリップの痕跡事故を知っている　島田　利幸
凍結の坂に並べる砂袋　白浜真砂子
減って来た指紋に茶碗滑り落ち　穴澤　良子
夕焼けに母を待つ子の滑り台　高松武一郎

〈滑る〉は、摩擦が少なく、物と物との間でなめらかな状態があること、人がそのような状況におかれることですが、物理的な現象だけでなく人の心、対人関係の穏やかな状態、言葉、音調、文体などの流暢な様も表現します。逆にうわすべり、落第など浅くて実のない状況をもいいます。滑る場所と方向により滑空、滑走、滑降といい、滑る機能をもたせるものに滑車、滑り台があります。

吸収

Absorption

原発に命の綱の制御棒　矢守　保子

森林浴たっぷり吸って生き延びる　長尾　美和

掃除機が腹いっぱいの音をたて　米島　暁子

名優の至芸を盗む舞台裏　山本　義明

スポンジの脳よ幼児に日々新た　穴澤　良子

〈選者吟〉

吸い取った知識が脳を光らせる

〈吸収〉は外のものを内部に取り込むことです。食物が消化されて血管やリンパ管の中に入ること、新しい知識や情報が脳に記憶されることをいうほかに、光や熱が通過する際に、その一部が失われる時にも使います。

家庭に普及してきた冷暖房用のヒートポンプは吸収作用を利用して熱を集めたり、集めた熱を外部に出して温度調節をするものです。

圧力

Pressure

風圧へグルグル回れエコ電気　穴澤　良子

山小屋の釜が心得てる気圧　平野こず枝

超高圧でダイヤの顔になる炭素　小山　一湖

大気圧おかげで目玉とび出さず　木村　一路

圧力が顔に出ている深海魚　田辺　進水

圧力を分散させて丸くなる　矢田　茂雄

〈圧力〉は、押さえつける力で、気圧、風圧、水圧など自然界にもともとあるものと人工的に圧を加えるものがあります。気体を圧縮するコンプレッサーは、さまざまな動力源、冷凍システム、ブレーキなどの用途に利用されます。圧力によって物を延ばす圧延技術の起源は、インドでサトウキビを搾り砂糖を作ったのが最初といわれますが、いまや金属・紙・プラスチックの加工に不可欠です。

収縮

Contraction

膨張の宇宙収縮あるのかな　梶川 達也
ウール百%縮めてくれた洗濯機　白浜真砂子
収縮と開放ピストン繰り返す　小山 一湖
収縮ができぬ日本の台所　矢守長治朗
北極の地図を縮める温暖化　田辺 進水
特価品Lを洗えばMになる　上村 健司

〈収縮〉の収は罪人を収容すること、縮は織物、糸が短小になることが元の意味ですが、要するに縮むことです。物の縮みだけでなく、時間や間隔が縮むこともあり、緊張や恐怖のために身体や気持ち、命まで縮むことがあります。

収縮する作用を利用して繊維を加工するものにちりめんやジョーゼットがあり、ファッションでは髪を縮らせることもあります。

圧縮

Compression

バスのドア圧縮空気らしい音　矢守　保子

圧縮比上げリストラの海泳ぐ　加藤　順也

一枚のCDとなる厚い辞書　澁江　昭一

詰め込んだ知識がすぐに出てこない　田辺　進水

栓抜けば不平もろとも発泡酒　手塚　良一

圧縮がおいしく爆ぜるポプコーン　延沢　好子

〈圧縮〉は圧力を加えて容積を縮小させることです。空気を圧縮してその膨張力をエネルギー源として利用するものに原動機、ブレーキ、ハンマー、ドア開閉装置等があり、酸素や水素を圧縮して医療、金属溶接にも用いられます。Eメール技術ではデータを圧縮して短時間に電送します。複数の像が一つになり、内容が縮小することは夢や神話、精神医学の分野で取り扱われています。

浮力

Floatage

狭い日本メガフロートにかける夢　穴澤　良子

ほんとかな宇宙に浮いている地球　斎藤　青汀

アドバルーン大売り出しに空も借り　中本　義信

向かい風少しは欲しいジャンプ台　白浜真砂子

地下水が東京駅を押し上げる　梶川　達也

旅立ちへ風を読んでる渡り鳥　平野こずゑ

〈浮力〉は流体（液体、気体）の中で物体を浮かべる力です。地球上では、物体はその表面に作用する流体の圧力差により、重力に反して上向きに押し上げられ、浮力が重さより大きければ物体は浮きます。船や飛行機の原理ですが、さまざまな応用技術があり、海上に巨大な鉄板を浮かべて、飛行場など人の活動の基地とするアイデアもメガフロートと呼ばれ、実用化しています。

崩壊

Collapse

染み込んだ水で崩壊する地盤　小山　一湖

自然破壊のツケで止まらぬ土石流　加藤　順也

乱伐のあと山肌が崩れ出す　竹内　祝子

終身雇用崩れて首を撫でている　細貝　芳二

崩壊家庭各自家電を持っている　山下　博

〈選者吟〉

浅知恵に歴史遺産が崩れ去る

〈崩壊〉は、崩れ壊れること。弱い地盤の山が、噴火や地震によって崩れることは山体崩壊、放射性元素が放射線を出して他の元素に変化する現象も崩壊といいます。半減期の非常に長いウラン、トリウムなどの元素が地殻中で崩壊し、さらにその子や孫に当たる核種が崩壊するという過程を繰り返すことは崩壊系列です。家庭や学校などの社会秩序がこわれることも崩壊といわれます。

壊す
break

四、五年で壊れるような物作り　島田　利幸

取り壊すのにも建設機械来る　木村　一路

ガス漏れへ家中の鼻慌て出し　斎藤　青汀

分解をして納得の古時計　穴澤　良子

壮観は一気に壊すビル爆破　梶川　達也

縦貫道山の生態系壊す　白浜真砂子

〈壊す〉というのは、ものを破いたり、砕いたり、潰したりして、その機能を損ない、使えなくすることです。開発が地球環境を破壊することが認識されてからは、開発計画の総体的な評価（アセスメント）が重視されるようになりました。

　プラスチックなど、安価で強固なモノ作りが廃棄物の処理責任やそのコストを意識し、あとで壊しやすい素材の使用も進められています。

振動

Vibration

夜の底振子の音で眠られず　金子　晃三

テロップの軽い震度にほっとする　荒蒔　義典

起震車をみんな笑って怖く降り　斎藤　青汀

モーターが動くと軌む町工場　浅田扇啄坊

本音いうときにゆれだす心電図　長尾　美和

共振がずれて熟年離婚する　東井　淳

〈振動〉は地震のように揺れたり、振子のように振り動く運動ですが、中心から最大距離を振幅、一往復に要する時間を周期と呼びます。

外から人工的に力を加えなければ、振幅は摩擦や空気抵抗によって自然に減少しますが（自由振動）、振子の支点を上下させたり、ぶらんこをこぐように、外から力を加えて振動を変える（強制振動）こともあります。

震動

Vibration

歯のドリル脳のてっぺん揺すぶられ 木村 一路
震動が揺り篭になり乗り過ごし 延沢 好子
安普請静かに歩くくせがつき 安坂 彬
免震が地震の揺れを受け流す 山下 博
心地よい震動脳も活性化 桑田ゆきの
年度末道路工事に家鳴りする 畑中 節子

〈震動〉はふるえ動く、振動はゆれ動くことで、英語ではともにバイブレーションです。震は雷の音が物をふるい動かすこと、転じて威光で他人を動かすの意味です。

一秒間に一振動する振動数の単位がHz（ヘルツ）で、空気振動の音の高低、大小に使われます。

工場、交通、建設などによる振動は、公害振動として規制の対象になっています。

流れ

Flow

宇宙では流線型が役立たず　木村　一路

ロボットに流れ作業を監視され　島田　利幸

リストラの川に流れてこない藁　田辺　進水

官仕え一直線になる流れ　大山くさを

重心が流れた今だ巴投げ　木村　一路

〈選者吟〉

人よりもよほど確かな流れ星

〈流れ〉は液体、気体などが低い方、薄い方へ移動することから始まって、人、物、金、情報すべてが次第に移り、広がる状況をいいます。

波が単なる高低運動であるのに対し、流れは移動を伴います。流星はたいてい大気中で焼け尽くしますが、大きいものは隕石、隕鉄として地上に落下します。流通、流行、流派など自然科学以外で用いられる流れもたくさんあります。

覆う cover

地球儀を覆う不穏な乱気流　穴澤 良子
ゴキブリの目に薄情なラッピング　上村 健司
対カラスネットで覆うゴミ袋　上鈴木春枝
コーティングした錠剤がのどを越し　小山 一湖
本心を覆いチャットの夜が更ける　上西 啓仁
すさまじい猫のバトルに目を覆い　山下 省子

露出するところがないように物事が一面にかぶさる状態が〈覆う〉です。雨・ほこり・人目など外部からの刺激をさえぎるように上やまわりに物を掛けてふさぐことも「覆う」です。

包む、庇護する、かばう、保護する、包み隠す、光をさえぎることも覆うです。環境問題では、大気汚染、温暖化のみならず宇宙のゴミ(デブリ)も地球全体を覆っています。

衝突

Crash

隕石の進路妨害した地球　平野こず枝

人形の首でよかった実験車　大島　脩平

主義を貫けば衝突する国家　菅井　京子

衝突のお守りにするエアバッグ　矢守長治朗

衝突のその瞬間は目をつぶり　中田　秀夫

ぶっつけた方が巻き尺持たされる　上村　健司

〈衝突〉は二つの物がぶつかることですが、衝突後、短時間内に変形、亀裂、発熱、振動などの現象が起こります。

　加速器により原子核を高速で衝突させて新しい元素や物質の構造を見つけ出す実験はつくばで行われています。

　自動車などの乗物が衝突事故を起こした場合の人や車体への影響も実験されています。人同士の衝突は離反、背反を引き起こします。

誘発

Induction

カリスマが髭を生やせば皆生やし　上村　健司
日本人一人辞めればみんな辞め　東井　淳
ライバルが行くから通う英語塾　加藤　順也
一べつが殺人になる大都会　赤間　列子
慰めの言葉に堰を切る涙　田辺　進水
たかが風邪だが肺炎が控えてる　澁江　昭一

〈誘発〉は、ある事が原因となり、その事に誘い出されて他の事が起こる状況をいいます。「風が吹けば桶屋が儲かる」という落語は、原因と結果の間に幾つものこじつけの誘発を設けて笑わせますが、化学物質や紫外線によって遺伝子に突然変異が起きたり、あるいは大規模な地下核実験によって付近に地震が起きたり、通常ならば連続性のない現象が誘発されることもあります。

爆発

Explosion

不発弾世紀を越えた負の遺産　矢田 茂雄

危ないぞ地下で出を待つ地雷たち　澁江 昭一

不発弾処理へ町中息をのみ　上村 健司

ビッグバンお伽ぎ話を聞くような　手塚 良一

よく出来ていると火山の模型館　大島 脩平

爆発の制御で走る駆動輪　加藤 順也

〈爆発〉は、急に激しく破裂すること、一部に起こった化学反応が瞬間的に広がることをいいます。ふつうは、熱、光、音および破壊作用をともないます。米国の二〇〇一年九月十一日多発テロでは、飛行機の衝突、火災、爆発が多重的に発生し、大きなビルが倒壊しました。比喩的に人の感情や行動にも使われますが、芸術は爆発だといったのは画家の岡本太郎氏でした。

膨張

Expansion

膨張の証明気球浮き上がり　木村一路

膨張係数違う夫婦もうまく合い　梶川達也

人口膨張いつかは沈む地球船　羽山清一

行革のはずが膨張する予算　安藤文敏

膨張と言えば肥満も科学的　渡邊忠雄

〈選者吟〉

拷問のような注腸耐えてくる

〈膨張〉は物体の体積が増えることで、温度が一度上がるごとに増加する長さや体積の比率は膨張率と呼ばれます。

百億年前のビッグバンによって生まれた宇宙は、膨張とともに温度を下げ、光から素粒子、素粒子から原子が誕生して今日の宇宙になったという膨張宇宙論がありますが、この宇宙にはまだまだたくさんの楽しい謎が残されてます。

運動

Movement

罪万死それでも地球動いてる　伊藤　直次

外野手のみごと放物線の読み　木村　一路

電脳の動き制する0と1　後藤　育弘

地球自転フーコーの振り子振り止まず　松島　秀夫

マラソンの鼻へダンプの排気ガス　斎藤　青汀

〈選者吟〉

永久運動左うちわを夢に見る

〈運動〉は人が体育のために身体を動かしたり、物体が時間とともにその位置を変えたりすることです。力を必要とせずに無限の動力を引き出す永久運動機械は発明家の夢ですが、ライプニッツによって、それはありえないことが論証されています。

スポーツでは、準備体操をする、身体全体を使う、日常より負荷量の多い運動をすることを原則としています。

周期

Cycle

人事異動の周期外れて生き字引　平野こず枝

陣痛の早さが知らす子の夜明け　手塚良一

貧乏神のバイオリズムも見てみたい　田辺進水

毎週の事気の重い月曜日　今岡久美

軒先の恩をつばめは忘れない　大峰花作

〈選者吟〉

好物の金銀もある周期表

〈周期〉は一定の状態が一回りする期間を言います。元素の性質が周期的に変化することは十九世紀初めからいろいろな科学者によって研究され、一八六九年にはメンデレーエフが原子量の順に元素を配列し、未発見の元素の場所と性質を予測しました。景気にも長短の周期があるとの説があり、五十〜六十年周期の景気循環として「コンドラチェフの波」が知られています。

循環 Circulation

休み明け脳の循環停止中　山口　指月

金回り電子マネーもとどこおり　矢田　茂雄

循環バス忘れた頃に二台来る　穴澤　良子

原生林へ続く命のリサイクル　田辺　進水

顔見せにもう一巡り廻る寿司　舩津　隆司

〈選者吟〉

水蒸気から振り出しへ水の旅

〈循環〉は、めぐって元に戻り、それを繰り返すことをいいます。心臓、血管、リンパ管は循環器として栄養物、酸素などを運び、老廃物を排泄します。景気の好不況の規則性のある繰り返しは景気循環、前提の真理と結論の真理が相互に依存し合い堂々めぐりするのは循環論法、悪い状況が他の状況を悪化させ、さらにそれが元の状況をも悪化させるのは悪循環といいます。

抵抗 Resistance

オーム氏の影が超電導で褪せ　林　敏和

磁気抵抗車輪は要らぬリニアカー　矢守　保子

緩やかに抵抗を増す停止線　延沢　好子

抗菌と書いてるだけで物が売れ　白瀬美智男

抗癌剤にガンも抵抗しはじめる　田辺　進水

〈選者吟〉

意地というベクトルを持ち逆櫓漕ぐ

〈抵抗〉は作用する力に対して反対の方向に働く力をいいます。
電気の通過を拒む電気抵抗（記号はΩ＝オーム）をなくすことができれば、永久運動といわぬまでも、強力な磁石を用いた巨大加速器、リニアモーターカー、超高速電算機など、夢の装置が実現します。高温超電導物質の開発に向けて、世界の科学技術者が熱い研究を続けています。

調理..... ギ 78
貯蔵..... ギ 81
ツ 通信..... ギ 156
包む..... ギ 73
筒....... ギ 180
粒....... カ 32
テ 抵抗..... カ 198
停止..... カ 168
データ... ギ 23
デジタル. ギ 161
鉄....... カ 38
鉄道..... ギ 134
点....... ギ 50
電気..... ギ 110
伝達..... ギ 155
電池..... ギ 112
天文..... カ 69
電話..... ギ 159
電話②... ギ 160
ト 統計..... ギ 29
凍結..... カ 56
透明..... カ 170
透明②... カ 171
毒....... ギ 80
都市..... ギ 144
土壌..... カ 85
特許..... ギ 127
特許②... ギ 128
ナ 内臓..... カ 137
流れ..... カ 189
ナノ..... ギ 66
波....... カ 60
ニ 匂い..... カ 22
ネ 熱....... カ 35
ノ ノイズ... ギ 85
脳....... カ 132
農耕..... ギ 94
脳死..... カ 133
ハ 廃棄物... ギ 126
排泄..... ギ 82
爆発..... カ 193
パソコン. ギ 194
爬虫類... カ 119
発酵..... カ 114
反応..... カ 131
ヒ 比較..... ギ 26
評価..... ギ 39
氷河..... カ 88
比率..... ギ 61
フ ファジー. ギ 171
風土..... カ 86
武器..... ギ 183
袋....... ギ 74
船....... ギ 136
部品..... ギ 185
浮力..... カ 184
フロン... カ 92
噴火..... カ 83
分解..... ギ 119
分裂..... カ 103
ヘ 平面..... ギ 55
ベル..... ギ 195
ホ 崩壊..... カ 185
方向..... カ 158
放射能... カ 33
放射..... カ 160
放送..... ギ 165
法則..... ギ 36
膨張..... カ 194
方程式... ギ 48
ホルモン. カ 113
本能..... カ 108
ポンプ... ギ 117
マ マグマ... カ 82
摩擦..... カ 178
麻酔..... ギ 100
マニュアル ギ 169
ミ 水....... カ 42
密度..... ギ 62
ム 無限..... カ 151
メ メガ..... ギ 65
免疫..... カ 107
モ 模型..... ギ 21
ヤ 野性..... ギ 92
ユ 有機..... ギ 96
誘発..... カ 192
リ 理科..... ギ 18
リサイクル.. ギ 84
立体..... ギ 54
粒子..... カ 31
ル 類....... ギ 24
レ 冷凍..... ギ 118
レーザー. ギ 158
レーダー. ギ 196
レンズ... ギ 177
ロ 炉....... ギ 141
ロボット. ギ 193
ワ 惑星..... カ 67
分ける... ギ 27

建築..... ギ 142
建築②... ギ 143
コ 合金..... ギ 121
工具..... ギ 176
合成..... ギ 120
光線..... カ 18
酵素..... カ 115
勾配..... ギ 51
港湾..... ギ 137
五感..... カ 130
呼吸..... カ 109
誤差..... ギ 33
コピー... ギ 151
暦....... ギ 86
壊す..... カ 186
混合..... ギ 123
昆虫..... カ 120
コントロール ギ 41
サ 災害..... カ 90
細胞..... カ 102
材料..... ギ 184
砂漠..... カ 80
酸性雨... カ 55
酸素..... カ 110
シ 時間..... カ 150
色彩..... カ 19
資源..... カ 41
地震..... カ 57
システム. ギ 40
実験..... ギ 19
湿度..... カ 49
失敗..... ギ 38
脂肪..... カ 116
写真..... ギ 152
写真②... ギ 153
周期..... カ 196
収縮..... カ 182
重量..... カ 172
重力..... カ 72
手術..... ギ 101
手術②... ギ 102
手術③... ギ 103
受精..... カ 111
循環..... カ 197
順序..... ギ 49
純粋..... カ 169
浄化..... カ 91
衝突..... カ 191
証明..... ギ 32
食物..... ギ 79
進化..... カ 101
真空..... カ 153
神経..... カ 127
神経②... カ 128
神経③... カ 129
信号..... ギ 157
深層..... ギ 59
心臓..... カ 138
新素材... ギ 187
人体..... カ 126
振動..... カ 187
震動..... カ 188
新薬..... ギ 99
心理..... カ 140
森林..... ギ 95
ス 水産物... ギ 97
睡眠..... カ 135
睡眠②... カ 136
水蒸気... カ 54
ストレス. カ 141
滑る..... カ 179
セ 星座..... カ 70
静止..... カ 167
成長..... ギ 93
生物..... カ 98
生物②... カ 99
生命..... カ 100
接着..... ギ 122
セラミック ギ 186
ゼロ..... ギ 64
繊維..... ギ 76
センサー. ギ 192
ソ 層....... ギ 57
層②..... ギ 58
増殖..... カ 104
装置..... ギ 140
速度..... カ 162
速度②... カ 163
ソフトウエア ギ 168
タ 対称..... カ 24
ダイヤモンド カ 39
太陽..... カ 66
大陸..... カ 79
惰性..... カ 164
単位..... ギ 63
端末..... ギ 167
チ 地質..... カ 84
超....... カ 165
超②..... カ 166

課題別索引

科学編＝カ　技術編＝ギ

ア　ＩＴ…… ギ 170
圧縮…… カ 183
圧力…… カ 181
アナログ． ギ 162
アルカリ． カ 43
アレルギー カ 106
泡…… カ 156
泡②…… カ 157
暗号…… ギ 163
安全…… ギ 72
アンテナ． ギ 166
イ　遺伝子… カ 105
医療…… ギ 98
印刷…… ギ 150
ウ　ウイルス． カ 144
失う…… ギ 75
運河…… ギ 138
運河②… ギ 139
運転…… ギ 135
運動…… カ 195
エ　エイズ… カ 143
衛星…… カ 68
映像…… ギ 154
エネルギー カ 34
エルニーニョ カ 61
円形…… カ 23
エンジン． ギ 114
オ　覆う…… カ 190
汚染…… ギ 83
帯…… ギ 77
音声…… カ 21
オンライン．． ギ 164
カ　回転…… ギ 115
回転②… ギ 116
解剖…… ギ 104
回路…… ギ 113
鏡…… ギ 178
拡散…… カ 161
角度…… ギ 52
火山…… カ 81
風…… カ 50
風②…… カ 51
化石…… カ 87
仮説…… ギ 20
河川…… カ 89
家電…… ギ 111
仮想…… ギ 22
カプセル． ギ 182
カルシウム カ 40
カロリー． カ 36
がん…… カ 145
環境…… カ 93
関係…… カ 173
感染…… カ 142
乾燥…… カ 48
観測…… ギ 28
キ　気圧…… カ 52
記憶…… カ 134
規格…… ギ 37
起源…… カ 78
気候…… カ 58
記号…… ギ 46
記号②… ギ 47
技術…… ギ 34
季節…… カ 59
気体…… カ 154
気体②… カ 155
軌道…… カ 71
機能…… ギ 35
逆…… カ 159
球…… ギ 56
吸収…… カ 180
曲線…… ギ 53
気流…… カ 53
菌…… カ 117
菌②…… カ 118
金属…… カ 37
ク　空間…… カ 152
偶数…… ギ 60
鎖…… ギ 181
管…… ギ 179
クローン． カ 112
ケ　系…… ギ 25
計算…… ギ 30
計算②… ギ 31
血液…… カ 139
欠陥…… ギ 125
結晶…… ギ 124
原色…… カ 20
原子…… カ 30

	延沢	好子
	野見山	夢三
ハ	長谷川	路水
	畑中	節子
	服部	哲雄
	服部	洋司良
	林	敏和
	羽山	清一
	原	みち子
	原野	正行
	久野	紀子
	久野	明子
	日野	真砂
	平塚	すゝむ
	平野	こず枝
	平野	清悟
	藤井	郁代
	舩津	隆司
	船橋	豊
	細貝	芳二
	細田	章子
マ	増田	幸一
	松	裕子
	松尾	タケコ
	松島	将作久
	松島	秀夫
	松原	紫穂
	宮内	可静
	武藤	綾子
ヤ	矢田	茂雄
	山口	指月
	山崎	泰子
	山下	博
	山下	省子
	山下	良子
	山本	義明
	矢守	長治朗
	矢守	保子
	米島	暁子
ワ	渡邊	忠雄
	渡辺	貞勇

作者一覧

五十音順・敬称略

ア

- 青柳おぐり
- 赤間 列子
- 安坂 彬
- 浅田扇啄坊
- 安達 功
- 穴澤 良子
- 荒蒔 義典
- 安藤 文敏
- 飯野 文明
- 伊藤 直次
- 井上 猛
- 井ノ口牛歩
- 今岡 久美
- 岩間 一虫
- 上田 野出
- 上西 啓仁
- 海亀 山猿
- 梅原 環
- 江畑 哲男
- 大石 恵子
- 大久保ちよ
- 大島 脩平
- 大田かつら
- 太田紀伊子
- 大戸 和興
- 大峰 花作
- 大峰 康子
- 大山くさを
- おかの蓉子
- 岡村 政治
- 奥村豊太郎

カ

- 梶川 達也
- 片倉 忠
- 勝賀瀬季彦
- 加藤 順也
- 金子 晃三
- 上鈴木春枝
- 上村 健司
- 川村 英夫
- 北田 正弘
- 君成田良直
- 木村 一路
- 畔柳今朝登
- 桑田ゆきの
- 小栢 幹子
- 小塚 伸雄
- 後藤 育弘
- 小林 道利
- 小山 一湖

サ

- 斎藤 明生
- 斎藤 青汀
- 笹島 一枝
- 澁江 昭一
- 島田 利春
- 島田 利幸
- 島並小枝子
- 白瀬美智男
- 白浜真砂子
- 菅井 京子
- 鈴木 青古
- 瀬下 秀雄

タ

- 高木 道子
- 高松武一郎
- 竹内 紫錆
- 竹内 祝子
- 竹内ヤス子
- 竹村 昌子
- 田澤 一彦
- 田中 幹啓
- 田辺 進水
- 田村としのぶ
- 津田 暹
- 土屋 みつ
- 出口セツ子
- 手塚 良一
- 寺田 治文
- 東井 淳
- 戸塚 博子

ナ

- 長尾 美和
- 中条 公陽
- 中田 秀夫
- 中辻 吉雄
- 中原 操雪
- 中村 知恵
- 中村 肇
- 中本 義信
- 中山 喜博
- 成島 静枝
- 西山隆志郎
- 野田 栄

あとがき

一九九二年初め、(財)科学技術広報財団の久野英雄編集部長(当時)から、科学技術の題を出して川柳を募集することは可能か、という打診があって始まった「サイテク川柳」が十二年半続いている。毎月二題ずつ、私が出題してきた科学と技術の題は三百題近くになった。本編はそのうちの「科学」の題についての作品をまとめたものである。

人間の喜怒哀楽を詠む川柳が理性的な科学知識と如何に関わり合うか、というような問題を論ずることもないまま、投句は科学と技術を合わせて二万句を越え、『Science & Technology Journal』(当初は「科学技術ジャーナル」)の誌上に発表された入選句も三六〇〇句を越えた。

これまで川柳にも俳句にもない堅い課題であるが、作品はどれも楽しい。私自身は本業で新技術情報誌の編集に携わってきたが、森羅万象科学技術に関係のないものはない。投句の方々は、これでもかこれでもかと句を出して来られる。みんな「科学大好き」で「川柳大好き」なのである。

今、これらを単行本としてまとめ、一般の読者にも読んで頂こうと思ったのは、私自身昨二〇〇三年までに癌などで胃、胆嚢、脾臓を全摘され、今なお抗癌剤の治療に通い、命の先がほの見えてきた、ということがある。

入選句を三冊の単行本『科学大好き―ユーモア川柳乱魚選集』科学編、技術編、生活編として刊行するに当たっては、科学技術広報財団（栗原弘善理事長）のご了承を頂いた。望外の喜びは、河村建夫文部科学大臣から本書推薦のお言葉を頂戴し、また石井威望東京大学名誉教授には序文をご執筆頂いたことである。

河村大臣は、川柳界で川柳中興の祖と謳われている井上剣花坊と同郷の山口県萩市のご出身と伺った。川柳には深いご理解を頂き、（社）全日本川柳協会の顧問もお引き受け頂いている。人間諷詠の川柳を「笑いあり、涙あり、風刺あり、人の体温を感じさせる文芸」と喝破されている。

石井名誉教授には、仕事上で新技術情報誌『テクノカレント』の主筆をご担当頂いており、編集委員会などでよくお目にかかっている。情報工学の大家であり、ご著書もたくさんある。序文では司馬遼太郎の『文化と文明について』から引かれ、「川柳は文化の〝こく〟の最たるものではないか。それ故、安らぎも誇りもたっぷり提供してくれる」とエールを送って下さった。

書名を決めるに当たっては、若者の理科離れを多少意識した。子供の頃の学校体験では試験がなければ理科は楽しい科目であった。ノーベル賞科学者や新しい機械に取り組む技術者の言葉を見聞きしても科学技術に対する期待や楽しさがあふれている。親しみやすい川柳を通じて少しでも科学技術に一般の方々のご理解が深まれば喜ばしい限りである。

川柳について少し書いておきたい。

川柳が「笑い」を大事な要素としている文芸であることは間違いない。私は、本書のタイトルを「ユーモア川柳」と称した。ユーモアは「笑い」と似ているが、弱者をからかったり、人をあからさまに罵ったり、下ネタで笑わそうとするものではない。人の温みを感じる上品な笑いの川柳を、よい「ユーモア川柳」と呼びたい。

川柳にはこのほか、涙や風刺の句があり、軽みや叙情の句もある。川柳は非常に幅の広い人間諷詠の文芸なのである。これらを貫く最も基本的な視線は「穿ち」であり、私はこれを「実体的真実追求の眼」と呼び、ときには親しみやすく「ほんとのほんと」と言っている。「穿ち」は、江戸の川柳書『誹風柳多留』の作品にも数多く見られ、いわば川柳の精神的風土を形作る要素ともいうべきものである。

また、本書のタイトルに「乱魚選集」と名付けたのは、選者としての責任を明示したかったからである。川柳は一見何の約束事もないように見られがちであるが、前述の作句の視線に加え、川柳としてのリズムや形式美がなければならない、と私は思っている。これを守るのは川柳選者の責任である。

最後に本書の表紙に楽しい絵を描いて下さった漫画家の西田淑子さん、作品の整理に駆けつけてくれた松尾仙影、大戸和興、太田紀伊子さんら川柳の仲間たち、夜を徹して見やすいページに仕上げてくれた新葉館出版の竹田麻衣子さんにお礼を申し上げる。そして、出版のための財政支出を承認してくれた妻幸子にもお礼を言わねばならない。

平成十六年（二〇〇四）九月十五日

今川　乱魚

課題解説のための参考資料

「サイテク川柳」では、科学技術の用語を課題として川柳作品を募集したが、入選句の発表にさいしては、作句、鑑賞の手引きとして、著者が各題ごとに簡単な説明を付した。説明内容には次の辞典類を参考とした。

岩波国語辞典（岩波書店）、広辞苑（岩波書店）、国語総合新辞典（旺文社）、カラー版日本語大辞典（講談社）、角川漢和中辞典（角川書店）、最新カタカナ語辞典（現代出版）、現代世界百科大辞典（講談社）、Kenkyusha's New English Japanese Dictionary（研究社）、イミダス（集英社）、現代用語の基礎知識（自由国民社）、知恵蔵（朝日新聞社）、科学史技術史辞典（弘文堂）、科学と発見の年表（丸善）、アリストテレスから動物園まで　生物学の哲学辞典（みすず書房）、科学の歴史（青木書店）、Science & Technology Journal（科学技術広報財団）、テクノカレント（世界経済情報サービス）。

【著者略歴】

今川乱魚（いまがわ・らんぎょ）

1935年東京生まれ。本名充。早大卒。

大阪で川柳を始める。999番傘川柳会会長。東葛川柳会最高顧問。番傘川柳本社幹事。（社）全日本川柳協会理事長。日本川柳ペンクラブ常任理事。川柳人協会（東京）理事。北國新聞、Science & Technology Journal、リハビリテーション川柳欄選者。月刊川柳マガジン「笑いのある川柳」選者。流山市、我孫子市、東京で川柳講座講師。

著書に『乱魚川柳句文集』、『ユーモア川柳乱魚句集』『癌と闘う―ユーモア川柳乱魚句集』。編著に『川柳贈る言葉』、『川柳ほほ笑み返し』ほか。

（財）世界経済情報サービス勤務。

住所：千葉県柏市逆井1167-4（〒277-0042）
E-mail : rangyo@mug.biglobe.ne.jp
URL : http://www2u.biglobe.ne.jp/~rangyo/

科学大好き—ユーモア川柳乱魚選集
科学編

○
平成16(2004)年11月13日　初版
編著
今川　乱魚
発行人
松岡　恭子
発行所
新葉館出版
大阪市東成区玉津1丁目9-16 4F 〒537-0023
TEL06-4259-3777 FAX06-4259-3888
http://shinyokan.ne.jp　E-Mail info@shinyokan.ne.jp
印刷所
FREE PLAN
○
定価はカバーに表示してあります。

ISBN4-86044-243-1